講談社文庫

綺《き》羅《ら》の皇女《ひめみこ》(1)

宮乃崎桜子

講談社

綺羅《きら》の皇女《ひめみこ》

(1)

第一章　修道尼院の姫君

金粉と氷の結晶をまぶしたように、目の前がキラキラと輝き始めた。

ああ、またあの夢だわ……。

私が幼いころから見る予知夢は、いつもこんな輝きに包まれている。

雨音が聞こえる。たぶん、外は雨なのだ。

けれど、視線は目の前の衣に釘付けで、外の様子を見ようとは思わない。

予知夢の煌《きら》びやかな輝きに包まれているのは、その輝きに負けないほど美しい小《こ》袿《うちぎ》だった。

なんてきれいなのだろう。

明るい紅《くれない》の二重織物に白銀の流水が縫い取られ、そこに青月《あおのつき》の春を象徴する青い小花がちりばめられている。紅部分には八重梅《やえうめ》の地紋が織り込まれ、柔らかな光《こう》沢《たく》の中に瑞鳥《ずいちょう》が羽ばたいている。

溜息《ためいき》が出るほど美しく、めでたい意匠《いしょう》。

これはきっと、私の誕生日の贈り物。

喜びに胸が躍《おど》り、けれど、すぐ言い知れぬ寂しさに襲われた……。

＊　＊

「おはようさん！　宮さん、起きておられますか」

御帳台《みちょうだい》の外から元気に声を掛けられ、咲耶《さや》は驚いて目を開けた。

修道尼院の奥の宿坊。

夢の余韻で、まぶたの裏には今なお色鮮やかな小袿が浮かぶ。

今日は青月四十七日、二日前が咲耶の十六歳の誕生日だった。夢で見た小袿は、これから二日遅れで届けられる、両親からの贈り物だろう。

枕元には、白いふわふわの温もりがある。

「おはよう、ユキ」

小さな声で語りかけると、白い毛玉が顔を上げた。猫に似た白い小獣だ。サラリと長いたてがみと、こちらを見上げる青い虹彩《こうさい》のつぶらな瞳が、境内で見かける野良猫たちとはまるで違う。

目が合うと、ユキはその小さな丸い頭を咲耶の頬にぐりぐりと押し付けてきた。やわらかな温もりが、心地好《よ》くもくすぐったい。咲耶が指先で喉《のど》を撫《な》でると、ユキは気持ち良さそうに目を細めた。

咲耶が起きて御帳台を出ると、ユキも白い前肢《まえあし》をトンと鳴らして浜床《はまゆか》から降りた。

「ああっ、宮さん、猫を寝床に入れるなって、院長さんから言われませんでした？」

「おはよう、小夏《こなつ》。ユキは猫ではないから」

「ちょっと風変わりでも、猫みたいですやん」

洗顔のための布と盥《たらい》を運んできていた小夏が叫ぶと、元々が野生のユキは素早く物陰に身を隠した。こうなると馴《な》れている咲耶でも捜し出せないが、放っておけばまた現れる。

咲耶は顔を洗い、いつもの浄衣《じょうえ》に着替えた。紫色の濃淡を重ねた、神聖だけれど面白味のない装束。いっそ下働きの小夏の小袖のほうが、粗末で色褪《いろあ》せてはいるもの彩りがある。

咲耶より頭半分ほど背が低い小夏が、立て膝で、柘植《つげ》の櫛《くし》を手に咲耶の長い黒髪を丁寧に梳《くしけず》ってくれる。

「ほんま、きれいな御髪《おぐし》やわ。宮さんもいつか、ほかの尼《あま》さんたちみたいに御髪を切られますの？」

下働きの小夏自身は赤茶けた長い髪を無造作に頭の後ろで束ね、動きやすいよう玉結びにしている。

「さあ……修道尼院《こ》で暮らしていても、私は修道尼ではないし」

「ああ、宮さんは、尼さん見習いと違いましたな。うちとおんなじや。いや、うちとは天と地ほども違いますけど」

小夏は納得して、ポンと手を鳴らした。その軽やかな音で、咲耶は夢で聞いた雨音を思い出す。

「……小夏は、今日は何をするの？」

「洗濯して、掃除ですかねぇ。お天気も良さそうやから、さっさと済ませて野良猫と日向ぼっこもええなぁ」

うっとりと言ったあと、小夏は少しだけ口を尖《とが》らせて付け加える。

「宮さんの白猫は、うちにはちぃとも懐いてくれへんけど」

「このあと雨になるから、お洗濯は早く済ませたほうが良《い》いわ」

咲耶の言葉に、小夏は「へっ？」と目を見開いた。そして、「宮さんってば、外はこんなに朝日がまぶしいのに」と笑いながら、盥を持って出て行った。

細殿《ほそどの》を渡って金堂《こんどう》に入る。そこではすでに紫の浄衣と頭巾姿の尼たち十人ほどが神への祈りを捧《ささ》げていた。咲耶は尼たちの後ろに座り、倣《なら》って両手を合わせる。

ここ真秀《まほら》皇国の皇帝の祖先と言われる神には「姿」がない。祭壇には神の依り代《よしろ》となる大きな柱があるだけで、咲耶はいまだにこの柱に何をどう祈ればよいのかわからないままだ。修道尼院の院長である白徳尼《はくとくに》は、それを自分で悟るのが修行だと言うけれど……。

溜息をつくと、白徳尼がそばに来て、厳《いか》めしい顔で咲耶を見下ろして言う。

「朝から使用人と騒ぐものではありませんよ。声がここまで聞こえました」

「申し訳ありません」

謝罪はしたものの、咲耶自身、騒いだつもりはなかった。きっと、小夏と親しく言葉を交わしたことを咎《とが》められたのだろう。歳《とし》の近い尼の普音《ふおん》が「気にすることないわ」と頭巾の下から目配せし、ほかの尼たちもそっとうなずいてくれた。ここの尼たちは皆、白徳尼の「お小言」には慣れているのだ。

　朝のお祈りのあと、皆で一汁一菜の質素な朝食を済ませる。その後、尼たちは修行として掃除や畑仕事をするのだが、咲耶だけは白徳尼の監督のもと、「お勉強」を強いられる。今日のお勉強は、お手本の詩を書き写す退屈な「手習い」だった。

　咲耶は、真秀皇国の若き皇帝凰輝《おうき》の従姉《いとこ》だ。前《さき》の皇帝寿鳳《じゅほう》の弟黒曜《こくよう》と妃汀子《みぎわこ》のひとり娘として生まれ、その二日後、皇帝寿鳳にも待望の皇子が生まれた。不幸なことに皇妃は皇子凰輝を産んだ直後に儚《はかな》くなってしまったため、汀子は咲耶を乳母に託して自らが凰輝の乳母になった。その六年後、寿鳳が崩御し皇太子だった凰輝が即位すると、黒曜は宰相宮《さいしょうのみや》として幼い凰輝を補佐し、凰輝の乳母だった汀子も女官長として引き続き宮中に留まることになったのだった。

　忙しい両親は、咲耶を留守宅に残すよりはと修道尼院に預けた。おかげで咲耶には両親と過ごした思い出がほとんどない。父の屋敷にいた頃に父には数回会っているが、幼い日の記憶はおぼろで、思い出すのは修道尼院での暮らしと、しかめ面の白徳尼のお説教ばかりだ。尼ではないが、かといって他家の姫君たちのように華やかに着飾ることも許されない、何とも中途半端な立場。

（私は、何なの？）

口にはしないが、疑問と不満は常に胸の内にある。退屈な手習いの最中ならなおさらだ。

「文字に、心がこもっていませんよ」

白徳尼に指摘され、咲耶は姿勢をただして筆を持ち直した。心のこめ方はわからないが、それらしい態度で机に向かう。

やがて、雨粒が檜皮葺《ひわだぶき》の屋根に当たる音がパラパラと聞こえ、畑に出ていた尼たちが軒下に駆け込んできた。外に干していた洗濯物を慌てて取り込んだ小夏が、簀子《すのこ》から咲耶を見つけて言う。

「宮さんの言うてたとおり、雨になったわ！」

そのひと言に、白徳尼の眉間の皺《しわ》が深くなった。

「予知夢を、小夏に話したのですか？」

低い声で鋭く尋ねられ、咲耶は下を向いたまま小声で答える。

「……雨が降るかもしれないと言っただけです」

白徳尼は深い溜息をつき、声を抑えて言い聞かせる。

「よろしいですか、咲耶さま。この国で、神託である予知夢を見るのは皇帝陛下ただおひとりなのです。咲耶さまが皇族であろうとも、皇帝でない者が予知夢を見ることなどあってはならないのですよ」

幼いころから、予知夢を見たと知れるたびに繰り返し言われたことだ。

皇帝は、神の末裔《まつえい》であり、神に選ばれた唯一無二の存在だ。皇帝には神獣のユニコーンが付き従い、予知夢を見せる。さらに、皇帝は夢の中で歴代の皇帝たちと言葉を交わすことができ、それによって国をあるべき姿へと導くのだという。ゆえに、真秀皇国は周辺の諸王国からも「神が最初に創った国」として一目置かれる神聖な伝統国であり続けているのだ。

だが、咲耶は皇帝でもないのに予知夢を見る。

初めて見た予知夢がどんなものだったかは覚えていないが、印象的だったのは六歳のときの予知夢だ。皇帝寿鳳が亡くなる夢を見たのだ。驚いて目を覚ました幼い咲耶は、恐ろしくて、乳母に泣きついた。乳母は「ただの夢ですよ」と言ったけれど、それがただの夢ではないと、なぜか確信がもてた。その夢は、金粉や氷の結晶をまぶしたようにキラキラと輝いていた。予知夢は、いつもそうなのだ。

夢をなぞるように、ほどなく皇帝は崩御して……従弟の凰輝が即位すると同時に、咲耶はこの修道尼院に預けられた。

優しかった乳母と違い、白徳尼は厳しかった。幼いころは白徳尼に反発して、予知夢を見てはいけないという法があるのかと問いただしたものだったが、返事はいつも「法はありませんが前例もございません」というお決まりの文句だった。これまで皇帝以外に予知夢を見た者はなく、それゆえ予知夢は皇帝だけに許された神聖なものとみなされているのだという。幼い咲耶には納得しがたい理屈だが、白徳尼は、伝統国とはそういうものだと言って譲らない。

けれど、予知夢を見るなと言われても、夢のことなので自分でコントロールできるわけもなく、咲耶には他人には話さないように気をつけるくらいしかできない。

今朝はつい小夏に天気の話をしてしまったが。

(予知夢といっても、普段はお天気とか、身の回りの些細《ささい》なことがわかるだけだし……)

もうずっと、前の皇帝の崩御のときのような予知夢は見ていなかった。

そこへ社務所のほうから尼がひとり渡ってきて、白徳尼に告げる。

「内裏《だいり》より、咲耶さまにお遣いの方がお見えです」

「恒例の誕生祝いですね、参りましょう」

白徳尼はそう言うと、目で咲耶を促し、渡殿《わたどの》を渡って社務所に向かった。咲耶は黙ってその後に従った。

この日に使者が来るのは毎年のことだ。じつは咲耶の誕生日は二日前の青月四十五日で、今日四十七日は従弟の皇帝凰輝の誕生日なのだが、咲耶の両親は凰輝を大切にするあまり毎年この日になってようやく娘の誕生日を思い出すらしい。もしかすると、皇帝の誕生日より先に娘を祝福するのは不敬だと思っているのかもしれない。

社務所の南廂《みなみびさし》に、内裏の女官らしい略正装の袿をまとった女が座っていた。本来であれば皇族の咲耶に敬意を払うため正装の唐衣裳《からぎぬも》装束をまとうべきところだが、この修道尼院は帝都の北東を護《まも》る艮山《こんさん》の中腹にあり、牛車《ぎっしゃ》はおろか輿《こし》で登ることも難儀であるため、袿の裾をあげて壺装束《つぼしょうぞく》にし、麓《ふもと》からここまで登ってくるのだ。それだけでも宮中の女官にとっては大変なことなのに、今日は急な雨に降られ、おそらく案内を請う前に汚れた装束を着替えたのだろうが、長い黒髪はまだしっとりと湿ったままだ。自身は濡れても、従者に持たせた贈り物だけは濡らさないよう被衣《かつぎ》でくるんで運んだのかもしれない。

咲耶は御簾《みす》の奥に座り、白徳尼は斜めに使者と向き合うよう御簾の手前に座った。

使者が口上を述べる。

「咲耶姫さまには、めでたく十六歳のお誕生日を迎えられ、宰相宮さま並びに御令室さまよりお慶《よろこ》びを託《ことづか》ってまいりました。どうぞお納めください」

使者が、薄い桐の箱を前に置いた。

白徳尼が膝を進め、うやうやしく桐の箱を受け取り、蓋《ふた》をとる。箱には、咲耶が夢で見たとおりの赤い二重織物が収められていた。

(やっぱり……)

使者が、懐から白い漉《す》き紙に包まれた文《ふみ》を取り出し、差し出して言う。

「こちらは、皇帝陛下からお預かりした文にございます。咲耶姫さまに、と」

白徳尼がそれを受け取り、御簾の下から差し入れた。従弟の皇帝凰輝から文が届いたのは、初めてのことだった。

咲耶は文を手にしたまま尋ねる。

「返事を、持ち帰られますか」

「いいえ。ご返事は不要です」

使者はそう述べると、退出の礼をした。

「むさくるしい処ですが、雨足が弱まるまで粗茶でも召し上がっていらしてくださ い」

白徳尼はそう言って、若い普音に別室に茶の支度を命じた。

「お心遣い、感謝いたします」

使者は礼を述べると、年配の尼に案内されて別室へと移動した。

咲耶はその場で使者を見送り、文を傍らに置いた。返事が要らない文ならば、急ぎの用事ではあるまい。それから御簾を出て、桐の箱の前に座り直す。夢で見たとおり、うっとりするほど美しい小袿だ。

（でも、ここでは無用の長物だわ）

修道尼院にいる限り、見飽きた紫色の浄衣以外の衣を着ることはない。

「小夏、片付けて」

咲耶が言うと、簀子に控えていた小夏が膝行《しっこう》して、食い入るように衣を見つめる。若い女なら眺めるだけでも心躍る美しい衣なのだ。ややあって小夏が言う。

「せっかくの御衣《おおんぞ》ですのに、袖も通さず片してしまわれるんですか？」

「……小夏が着てみる？」

「えっ……」

驚きや気後れ、それにわずかな期待の入り混じった表情で、小夏が顔をあげた。

だが、軽はずみな咲耶のひと言を、白徳尼が即座に諫《いさ》める。

「とんでもないことですよ。赤の二重織物は、許された者だけが袖を通せる禁色《きんじき》なのですからね」

自分が叱られたのだと思った小夏は、肩をすくめて縮こまった。白徳尼は吐息混じりに小夏に言う。

「良いから、早く片付けなさい」

「は、はい」

小夏はこれ以上叱られる前にと、慌てて桐の箱を持って出て行った。

白徳尼は小夏が遠ざかるのを待って、咲耶に言う。

「投げやりなさりようですね」

「………」

見透かされた気がして、咲耶はうつむいた。かつては、この二日遅れで届く誕生日の贈り物を心待ちにしていたものだった。ほとんど会えない両親が贈ってくれる美しい衣。会えないのは寂しいが、心にかけてもらえているのだと思うと嬉しかった。

だが、いつの頃からか、そうは思えなくなっていた。いかに若き皇帝凰輝の側近かつ親代わりであっても、ほんの一日、いや半日でもひと目だけでも、ひとり娘に会いに来ることができないほど多忙だというのだろうか。この小袿だって、両親が選んでくれたものとは限らない。修道尼院では着る機会もない高価な衣を、女官に持っていかせているだけかもしれない。

口にすれば「僻《ひが》み」でしかなくなる不安を呑み込み、小夏を相手に強がってしまったのか……。あらためて己の卑しさを自覚し、恥ずかしくなる。

「……小夏に、謝ってきます」

「謝られても、小夏はわけがわからず困るだけですよ」

(そのとおりだわ……)

落ち込む咲耶に、白徳尼が珍しく優しい声色で言う。

「ご両親は咲耶さまのご成長を慶ばれ、この御衣をお召しになられる日を楽しみにして、毎年贈ってくださるのですよ」

「……そうでしょうか？」

「さあ、お部屋にお帰りなさい」

促《うなが》され、咲耶は皇帝からの文を持って社務所を後にした。その後ろ姿を見送り、白徳尼は小さく首を振る。咲耶がかの贈り物を身にまとう、それはこの修道尼院を出ることを意味している。尼ではない咲耶は、いずれ修道尼院を出てゆく身だ。

「……ここを出られた先のお暮らしが、咲耶さまにとって心穏やかで幸多きものでありますように……」

つぶやかれた願いは不安に揺れ、誰の耳に届くこともなく消えた。


自分の部屋に戻った咲耶は、ひと息ついて、おもむろに皇帝からの文を開いた。誕生日を祝う詞《ことば》でも書かれているのだろう。

「…………」

二度、三度読み返し、ようやく意味を理解した。

それは咲耶の縁談が決まった旨を伝える文だった。相手は、真秀皇国の西に国境を接する西海国《さいかいこく》の王、才明《さいめい》。それより詳しい説明はない。使者が返事を要らないと言ったのは、これが決定事項であって、咲耶が口を挟む余地などないからだ。

(私が……隣国の王さまと、結婚する……)

咲耶は文から顔を上げた。

修道尼院での暮らしは、咲耶にとっては仮初《かりそめ》の日々。いつかこういう日が来るのだと、考えればわかるはずのことだったのに……想像さえしていなかった自分に、咲耶は少し驚いていた。予知夢も、そんな未来を教えてはくれなかった。しょせん皇帝でもない者の予知力など、この程度のものなのだろう。

嬉しいとも、哀しいとも、感じなかった。咲耶は皇族の姫、皇帝凰輝の従姉だ。皇帝が決めた縁談に従うのは当然のこと。そう思った。

いや、そう思い込もうとしていただけなのかもしれない。

城壁に囲まれた大内裏は、南正面の朱雀門《すざくもん》を入るとすぐにさまざまな役所が建ち並ぶ。それらの役所の奥に建礼門《けんれいもん》と承明門《しょうめいもん》の二重の門があり、皇帝の住まう広大な内裏がある。

正装の唐衣裳装束をまとった咲耶は、内裏の紫宸殿《ししんでん》の南廂に端座していた。乙女らしい淡い色を重ねた五衣《いつつぎぬ》に、白地に花菱の浮き紋をあしらった唐衣、美しい青海波《せいがいは》文様の裳《も》。いずれも毎年の誕生祝いに両親から贈られた衣だ。美しい装束をまとって人前に出るのは物心ついてから初めてのことで、咲耶は誇らしさと気恥ずかしさと緊張で、のぼせてしまいそうだった。

やがて正面の御簾が女官によって巻き上げられ、あらわになった御座《おまし》の奥の椅子に美しい御引直衣《おひきのうし》姿の皇帝凰輝が座っていた。あどけなさの残る上品な面立ち、盛装してもなお肩の細さを隠せない、咲耶と同じ歳の少年皇帝だ。

「咲耶か、よく来てくれた」

凰輝は、それだけは少年らしくなく穏やかに微笑み、静かに言った。その龍顔《りゅうがん》にたしかな血のつながりを感じ、咲耶は少し落ち着きを取り戻した。深く頭を垂れて返す。

「皇帝陛下にはますますご健勝にあらせられ、お慶び申し上げます」

「せっかく久しぶりに会えたのだもの、堅苦しい挨拶は抜きにしよう。朕《わたし》たちは従姉弟同士なのだからね」

久しぶり……というか、会うのは二度目だ。たしか十年ほど前、即位したばかりの凰輝に祝辞を述べるために、ここに連れて来られた。そして……咲耶はいつのまにか御座の両脇に控えていた両親を見た。こうして両親の姿を間近に見るのさえ、あのとき以来なのだ。

だが、ここには父母と娘の感動的な再会シーンなど、ありはしなかった。父の宰相宮は威厳を持って座りながら、娘には見向きもしない。母の女官長は対照的に、まるで粗探しでもするような冷たいまなざしで咲耶を見つめていた。

宰相宮が、軽く咳払いして言う。

「こたびの縁組は、西海国からの申し出に応じたものだ。西海国は、我が皇国の西の隣国だが、今は海を挟んでさらに西に位置する異国と緊張状態にあるようだ。そこで皇国との絆を深め、背後の憂いをなくして異国との戦に備えたいと望んでいるらしい」

「我が国としても、神の末裔たる皇族の血で、近隣諸王国との絆を深めることは望ましい。わかってくれるね、咲耶」

凰輝が、その言葉とは裏腹に気弱な笑みを浮かべて咲耶を見た。

たたみかけるように、女官長が事務的な口調で言う。

「皇族が他国の王家に降嫁《こうか》する場合、前例に従い、正式な婚礼の前にお互いの国を訪れて作法や慣習を学んでいただきます。あなたにはこれから降嫁までのあいだ、陛下の東の離宮、春陽宮《しゅんようきゅう》が与えられ、来月にはそこに西海国の才明王をお迎えします。その後、西海国へ向かうことになります。よろしいですね」

咲耶に、用意された返事は一つ。

「はい」

「結婚も、皇族の姫としての務めだ、わかるな？」

宰相宮の諭すような言葉にも、咲耶はただうなずいた。

国のために嫁ぐのは皇族として誇らしいことだ。ただ……凰輝を挟んで並ぶ両親を見つめ、やるせない気持ちになった。目の前の三人が仲睦《なかむつ》まじい親子で、咲耶だけが他人のようだ。

（父上、母上……）

十六歳にもなって子供っぽい嫉妬だという自覚はある。だから口には出さないし、若い皇帝を憎んではいけないとも思っている。それでも、気持ちは沈んでしまう。

「では、これより春陽宮に案内させましょう」

そんな娘の気持ちを察することもなく、女官長が淡々と言う。

そこに口を挟んだのは、皇帝だ。

「せっかくの機会ではないか。汀子、そなたも一緒に春陽宮に行くがよい」

名前で呼ばれた女官長は、とんでもないとばかりに首を横に振る。

「いえ、……」

「宰相宮も同道してはどうだ？　親子水入らずのひと時も、咲耶が降嫁してからは望めなくなるであろうし」

「お心遣い痛み入ります、陛下。しかし……」

宰相宮が暗に辞退すると、さすがにそれに続くことはためらわれるのか、女官長は黙って口を閉ざした。皇帝が鷹揚《おうよう》にうなずく。

「そうか、では残念だが、汀子だけでも行っておいで。この季節の春陽宮は庭の花もきれいだよ」

「……お言葉に甘えさせていただきます」

頭を下げる女官長に満足そうな笑みを向けた皇帝は、その笑顔のまま咲耶に言う。

「春陽宮は内裏にも近い。何か困ったことがあったなら、すぐに使いをください」

「ありがとうございます」

心からの善意で言ってくれているのであろう凰輝に、咲耶も精一杯の笑みを浮かべて礼を言った。

桜の盛りは過ぎていたが、遅咲きの八重桜が築地《ついじ》に沿って咲き乱れ、釣殿《つりどの》に面した池の水面に紅枝垂《べにしだ》れが映える。白い花を咲かせる樹木はハナミズキだろうか。春陽宮は、凰輝の言葉どおり春の花の美しい離宮だった。

出迎えてくれたのは、長い黒髪に揃いの上衣《じょうい》をまとった女官たちだ。その中でもひときわ美しい女官が、頭を下げて言う。

「咲耶さまにお仕えさせていただく紅艶《ぐえん》と申します」

「よろしくお願いしますね」

咲耶が言うと、紅艶は会釈し、それから咲耶の後ろに立つ汀子とまなざしを交わした。

紅艶に先導されて細殿を歩く咲耶の後ろを、母汀子が黙ってついてくる。十年ぶりに会う母娘の会話が急に弾むわけもなく、それでも咲耶は母に話しかけようと試みた。

「母上は、この離宮にいらしたことがあるのですか？」

「ええ」

汀子の返事はそっけなく、話の接《つ》ぎ穂《ほ》を見出せない。

ならばせめて一緒にこの美しい庭を観賞しようと、咲耶は足を止めて欄干《らんかん》に手を置き、庭を見た。咲耶の横顔に視線を注いだ汀子が、ふとつぶやく。

「……似てきましたわね」

その声がなぜか憎々しげに聞こえ、咲耶は驚いて振り返った。母の冷たいまなざしが、刃のように胸に突き刺さる。

「…………？」

誰に、と尋ねる間も与えず、

「では、私はこれで内裏に戻ります。あとのことは頼みましたよ」

汀子は紅艶らにそう言うと、咲耶から顔を背けるように踵《きびす》を返した。咲耶は引き止める言葉も見つからないまま、その後ろ姿を見送った。

(母上は、私を誰に似ているとおっしゃったの……？)

正直、自分はまるで母に似ていないと思う。どちらかと言えば父に似ている気がするが、年頃の娘としては「父親似」と認めるのはあまり嬉しくない。

それに、あの冷たい口調とまなざし……。

(私は……まさか、母上の子ではなくて……？)

ふとした思いつきにすぎなかったが、胸の奥がズキンと痛んだ。

修道尼院で歳の近かった普音は、妾腹《しょうふく》の娘だという理由で出家させられ尼になったと聞いた。父親は名家の主《あるじ》で、正妻とのあいだにも幾人かの姫がいたため政略結婚の駒にもならず、家名を傷つける前にと尼にされたのだという。

(私も、じつはそうだったの？)

だとすれば母のそっけない態度も、修道尼院に預けられたまま面会どころか文も満足にもらえなかったことも、辻褄が合う。ひとり娘だったため尼にはされず、縁談が決まったので修道尼院から呼び戻されたのだ。母は咲耶のじつの母を知っていて、「似てきた」と言ったのだ。きっとそうだ。

その思いつきは衝撃的ではあったが、じつの母に愛されていないと思うより、咲耶は心が慰められる気がした。

「宮さん、きれいなお庭どすな」

勝手な妄想で頭がいっぱいになっていた咲耶の耳に、聞き慣れた元気な声が飛び込んできた。

「……小夏、どうしてここに……？」

細殿から見下ろした庭に、小夏が笑顔で立っていた。

「院長さんが、知らない人ばかりのお屋敷では心細いだろうからって、宮さんが慣れるまでこっちでお世話しなさいって」

白徳尼が寄こしてくれたのだ。咲耶は思わず笑みをこぼした。

咲耶の傍らにひざまずいていた紅艶は、はじめ小夏のみすぼらしい姿に面食らった顔をしていたが、すぐに話を理解して機敏に対応する。

「では、西の下屋《しものや》にお回りなさい。事情を話して、着替えてからこちらに上がるように」

「おおきに。あ、こら、暴れんといて！」

礼を言って西に回ろうとした小夏が慌てて振り返った。背負っていた布包みが激しく動いたのだ。次の瞬間、そこから白い獣が顔を出し、小夏の肩を蹴って細殿に飛び乗った。

女官たちが驚いて小さな悲鳴をあげる中、咲耶は小獣を抱きとめ頬ずりをする。

「ユキ……連れてきてくれたのね、ありがとう、小夏！」

「あちゃー、内緒やってんけど……うちが山門を出ようとしたらついてきたんで、一緒に行く？　って訊いたら、自分で風呂敷に乗りましたんぇ」

「ひ、姫さまの猫でございますか」

紅艶は目を丸くしながらも、努めて冷静に尋ねた。

「ええ。この子、ユキといいます。これからよろしくお願いしますね」

猫ではないと思うのだが、そこは省いて先制する。今日からこの離宮の主は咲耶だ。その咲耶が飼うと言えば、前例はなくとも女官の口出しできることではない。もっとも修道尼院でも特に餌付けしていたわけではなく、ユキは外と内とを自由に行き来して、夜は咲耶の寝床で寝ることが多いというだけだが。

「……承知いたしました」

面くらった紅艶は細い眉をひそめ、それでも口元には笑みを浮かべていた。

「さすが宮さんやわ。こんな広いお屋敷のご主人さまにならはるなんて！」

七宝《しっぽう》紋様の小袖に赤い袴を穿《は》いた小夏は、先刻とは別人のように可愛らしく、まるで行儀見習いに来た良家の子女のようだった。伸びたまま無造作に束ねられていた髪も、腰のあたりで切りそろえられていた。小夏自身まんざらでもないらしく、立ったまま自分の姿を見下ろしている。

咲耶が遠慮がちに尋ねる。

「ここでは修行もできないけど、良かったの？」

「うち、尼さんになりたいわけやないし」

「そうだったの？」

「うちな、お父ちゃんが商売で失敗して、巻き返すお金を融通してもらう代わりにあそこで働くことになりましたんねん」

それは、父親に売られたということか。

「ひどい……」

眉をひそめた咲耶に、小夏はあきれて言う。

「やっぱ、宮さんは世間知らずやわ」

「え……？」

「借金のカタでも、あの修道尼院に入れてくれて、うち、お父ちゃんに感謝してますんぇ。世間には子供を人買いに売るような親かておるんや。それに比べたら、あそこにおったら院長さんは口うるさいけど毎日ご飯はもらえるし」

食べるものにも困る暮らしがあることを、咲耶は知らなかった。

「……ごめんなさい、小夏のお父様を悪く言うつもりじゃ……」

「そんな、謝らんといてください」

小夏は照れたように付け足す。

「うちのお父ちゃんは、宮さんのお父上さんみたくエライ人やないし、ただのお調子者のバカで、商売で失敗したのだって悪い女に誑《たぶら》かされたせいだって聞いたし。お母ちゃんが死んでから男手ひとつでうちを育ててくれたって言えば聞こえはいいけど、酒好きのだらしない男で、うちが身のまわりの世話してやらないとゴミの中で寝起きするようなダメ親父やし……」

悪口を並べつつ、小夏は思い出を懐かしむように微笑んでいる。ダメ親父と言いながらも、小夏は父親が大好きなのだ。離れていても、幼いころからの幸せな記憶が小夏を支えている。

咲耶は、胸の奥にまた小さな痛みを覚えた。そんなふうに肉親に愛し愛された記憶が、咲耶にはない。だが、羨ましいと、ここで正直に吐露することはできない。

「お父ちゃんは一から商売をやり直して成功したら迎えに来るって言うてたけど、そんなん当てにして待っていたら、うち、おばあちゃんになってしまう。それより、こうして宮さんのお側で働いていたら、どこぞの奥方さんの目にとまって、この御曹司のお妾さんに望まれるってこともあるかもしれへんし」

「お妾さん……」

それで良いのかと首を傾げる咲耶に、小夏は胸を張って言う。

「人には分相応ってもんがありますのや。うちみたいなんが万が一にも間違《まちご》うてエライとこの奥方さんになったかて勤まりゃしませんて。雨風しのげる家に住ませてもろて、おいしいものを食べてきれいな衣を着て暮らせたら、それで幸せや」

「……足るを知るってこと？」

「タル……？　なんや、難しいこと言わんといてください。うち、こんなきれいな衣を着るの初めてや。それに、ここにおったほうが、修道尼院よりお妾さんの近道や思うし。ほんま、宮さんと仲良ぅしといて良かったわ」

近道かどうかはわからないけれど、小夏が喜んでくれているようなので、咲耶は気が楽になった。

修道尼院でも春陽宮でも、一日中外にも出ず、習い事に明け暮れる咲耶の生活に大きな違いはなかった。

(白徳尼のお小言が紅艶の溜息に変わったくらいかしら)

「では、姫さまは琴も琵琶《びわ》もたしなまれないのですね?」

楽器は何がお得意ですかと尋ねられ、咲耶が何も演奏したことがないと答えると、紅艶は深い溜息とともに諦めた口調でそう言った。修道尼院では祈りの詞《ことば》を詠唱する以外、歌舞音曲とは縁のない暮らしだったのだ。

「……では、ご降嫁までにせめて琴だけでも、それらしく見えるようお教えいたしましょうね。それから香合せ《こうあわせ》や、貝合せ《かいあわせ》……覚えていただくことがたくさんで、私どももやりがいがございます」

美人なだけに紅艶のひきつった笑顔は怖かったが、咲耶はうなずいて微笑んでみせるしかなかった。

そうして紅艶が「時間が足りない」とぼやくうちに迎えた朱月《あけのつき》二日、西海国の王才明が到着した。

咲耶は今年の誕生祝いに贈られた赤い二重織物の小袿をまとい、隣国からの貴賓《きひん》を迎えた。

わずかな近習《きんじゅ》を従えた才明王は、西海国の衣装なのか、見慣れない筒袖の上衣をまとっていた。真秀皇国において筒袖は身分の低い者の衣だが、柔らかな練絹《ねりぎぬ》のその衣は衿元《えりもと》や袖口に縫い取りの文様とともに美しい宝玉《ほうぎょく》が縫いとめられた見事な意匠だった。長い栗色の髪は背中でゆったりと編まれている。

なにより印象的なのは、細いけれど濃い眉と、涼やかな目元、両端がこころもち引きあがった形の良い唇……。

（きれいな人……）

美丈夫《びじょうふ》と呼ぶには線が細いが、父と凰輝以外の男性をほとんど見たことがないまま育った咲耶は、美しい青年に眼を奪われた。

「……才明さま、遠路ようこそおいでくださいました」

「咲耶姫ですね、お会いできるのを楽しみにしておりました」

優しい笑顔で言われ、それがお決まりの挨拶なのだとわかっていても、咲耶は胸がときめいた。

その晩は内裏で皇帝凰輝主催の歓迎の宴が催《もよお》され、才明は皇帝や重臣たちとの挨拶に終始し、咲耶と語らう時間はほとんどなかった。翌日は春陽宮での宴だ。そこには朝廷からは咲耶の両親だけが顔を出したが、例のごとく咲耶とは会話らしい会話を交わすこともなく早々に退出し、宴自体も夜が更ける前にお開きになった。

そして三日目。

女官たちは才明を退屈させないよう、香合せなどの遊びを企画しているようだった。

「……今日は、才明さまにゆっくりしていただいてはどうかと思うのだけれど」

咲耶は思い切って提案してみた。咲耶でさえ昨日おといの夜の宴で疲れている。まして遠方から旅をして慣れない屋敷に滞在する才明は、なおのことだろうと思ったのだ。

女官たちは顔を見合わせ、紅艶が慇懃《いんぎん》に言う。

「承知いたしました。では、お客さまのおもてなしは姫さまにお任せいたします」

「え……」

任せると言われ、他人をもてなしたことなどない咲耶は動揺を隠せなかったのだが、

「いつでもお声をかけてくださいませ。お近くで控えておりますから。大仰ではないお部屋での遊びなどを用意させていただきます」

紅艶はくすりと笑ってそう付け加えた。

才明と近習たちは、春陽宮の東の対屋《たいのや》に滞在していた。咲耶が暮らす寝殿と渡殿でつながる離れのようなもので、才明はそこで寝起きするが、昼間は寝殿で咲耶とともに過ごすことになっていた。

この日、咲耶は寝殿の南廂に大きめの柔らかな褥《しとね》と脇息《きょうそく》をしつらえ、蔀戸《しとみど》を開け放って風を通し、庭を望めるようにした。

季節は初夏から梅雨に向かおうという頃。

春陽宮の池のほとりには花菖蒲《はなしょうぶ》が咲きそろい、築山《つきやま》の山法師《やまぼうし》は白い花を咲かせている。下屋へと続く渡殿の前では、高く伸びる立葵《たちあおい》の赤い花が揺れている。桜の季節ほど華やかではないが、春陽宮の庭は花が豊富だ。

才明は勧められるままに褥に座ってお茶で喉を潤し、庭を眺めて言う。

「きれいな庭ですね」

「お花はお好きですか？」

「ええ。花に限らず、木も草も好きですよ。そのうえ、ほら、あの木の枝に小鳥が」

才明が指差す百日紅《さるすべり》の梢《こずえ》に、野鳥が羽を休めていた。彼は春陽宮の庭を気に入ってくれたらしく、鳥の声などにも耳を傾けながら飽かず景色を楽しんでいる。今日は才明もゆるく編んだ長めの髪を背中に垂らしたままなので、リラックスして見えた。そのせいもあるのだろうか、咲耶は才明と二人だけで並んでいても、緊張せずに済んだ。それゆえ。

「せっかくですから、庭に下りて散策しませんか」

そう誘われたときも、深く考えもせずに「はい」と返事をしていた。すかさず咲耶の衣が地面に付かないよう、女官二人がかりで裾つぼまりに紐で留め、小夏が出してくれた履物《はきもの》に足を乗せる。

「ゆっくりと……」

修道尼院でも外を歩くことなどほとんどなかった咲耶は、履物で歩くのが下手だった。足を出したとたんに履物がずれてしまうので、足元を確かめながら一歩ずつおずおずと前に出た。

才明はそんな咲耶にあきれもせず、付き添うように歩いてくれた。池の中島に架かる反橋《そりばし》を渡るときにはごく自然に手を差し伸べてくれて、咲耶はそっとその手を握った。反橋の先に咲く白い卯《う》の花が、優しい風に乗ってほのかに香る。

「庭を歩くのも、良いものでしょう？」

才明の言葉に、咲耶は素直にうなずいた。この清楚な香りは記憶にあるが、それが卯の花の香りだとは知らなかった。房状の小さな白い花を見つめる咲耶に、才明はその花をひと房手折《たお》って衿《えり》のあわせに挿してくれた。それから、中島でもひときわ大きい樹木を見上げ、嬉しそうに言う。

「ああ、タイサンボクですね。見事な花だ」

才明の視線を追って見上げると、そこには咲耶の手ほどもありそうな大輪の白い花が咲いていた。この庭にこんなに大きく美しい花が咲いていることに、感動と驚きを覚えた。こうして才明に導かれるまで、想像もできなかった。

視線を落とすと、樹木の根元を覆う草むらにも、小さな花が咲き乱れている。白いかわいらしい花だ。思わず手を伸ばすと、

「ああ、それは……」

才明が後ろから肩を抱くようにして、咲耶を止めた。こんなふうに他人に触《ふ》れら

れるのは初めてで、咲耶は驚いて身を硬くしたが、才明は気にした様子もなく説明する。

「咲耶姫、それはドクダミですよ」

「え……毒なのですか？」

慌てて手を引っ込めた咲耶に、才明は笑みをこぼす。

「いや、ドクダミという名で、むしろ解毒作用のある薬草でもあるのです。ただ、香りがね……」

そう言って、才明は葉に指先を押し付け、その指を咲耶の鼻先に差し出した。可憐な花に似合わぬ、癖のある強い香り。すぐさま眉をひそめる咲耶を、才明は声を抑えて笑った。

笑われたのが悔しくて、けれど拗《す》ねるのも子供っぽいと思われそうで、咲耶はドクダミの花に八つ当たりする。

「こんなにかわいい花なのに、ひどい香り」

「そうですね。ああ、でも、この白いのは花びらではないのですよ」

「え……？」

「花びらに見えるのは総苞《そうぼう》というもので、じつは真ん中の突起についた小さな粒々のひとつひとつが花なのです」

才明の説明に、咲耶は眼を見開く。

「才明さまは、まるで博士のように草木にお詳しいのですね」

「え……いや、好きなだけで」

才明は少し慌てたように言い、それから恥ずかしげに白状する。

「今のはうちの庭師の受け売りです。国にいれば政務に追われて、とてもこんなふうに庭で寛《くつろ》ぐこともできないので……つい、子供のころに教わったことをあれこれ思い出してしまって」

言い訳めいた言葉だったが、たしかに才明は一国の王なのだ、国にいればこんなふうに庭を散策する時間などないのだろう。二十歳そこそこの才明は咲耶から見れば大人だが、一国を背負うにはまだ若い。凰輝が六歳で皇帝になったことを思えば若すぎるとは言えないが、幼帝には宰相宮という事実上の為政者がついていた。実際に政務に追われる才明にとって、こうしている今はとても貴重な時間なのだ。

その夜、咲耶が御帳台の内で寝《やす》もうとすると、数日ぶりにユキが帳《とばり》をくぐって入ってきた。昨晩までは夜も宴やその支度で騒がしかったので、どこか静かなところに隠れていたのだろう。ユキは、枕元に置かれた器に鼻を寄せた。水を入れた小さな器には、昼間庭で才明が手折った卯の花が挿してある。

「ユキは、もう才明さまを見た？」

言葉がわかっているのかいないのか、ユキは青い瞳で咲耶を見上げている。白いたてがみを優しく撫でると、丸くて可愛らしい顔を咲耶の手に押し付けて甘える。

「一国の王さまなのに、気取らなくて優しい方みたい。私たち、仲良くやっていけるかしらね」

獣のユキが問いかけに答えてくれるわけもないのだが、青い瞳が、問い返すように咲耶を見上げた。と、ふいに下を向き、器に挿された卯の花をパクリと口にくわえた。

「ユ、ユキ！」

慌てる咲耶が止める間もなく、ユキは口を動かし卯の花を食べてしまった。ユキが咲耶の目の前で食べ物を口にするのは初めてだった。すぐに、

(才明さまがくださった花なのに……)

という思いが胸をよぎったが、

「……お花、おいしかった？　ユキって、いつも草や花を食べているの？」

驚きが勝って、つい尋ねてしまった。

もちろんユキは答えない。咲耶はにこりと笑って夜具にもぐりこんだ。もしかしたらユキの行動は問いかけへの答えなのだろうか？　いや、たぶん考えすぎだ。それに、個人の相性の善し悪しになど関係なく、咲耶は政治的な判断で隣国に嫁ぐのだ。仲良くなれれば良いと思うのはただの願望だが、才明に会って不安が少しだけ拭《ぬぐ》われた気がしていた。

「おやすみなさい」

咲耶が言うと、ユキは枕元で白い玉のように丸くなった。

才明が訪れてから五日目に、帝都は梅雨入りした。うっとうしく降り続く雨。たとえ雨があがっても庭はぬかるんで、とても散策などできない季節の到来だ。

(才明さま、がっかりなさるわ……)

小雨を降らせる灰色の重い空を見上げ、咲耶は季節の巡りあわせを恨めしく思った。真秀皇国には四季があり、それぞれ美しい景色があるのに、よりによって梅雨に入る朱月に才明を招くことになるとは。

雨は早朝から降っては止み、また降り出した。

「村時雨《むらしぐれ》ですね」

寝殿に渡ってきた才明は、廂から外を眺めてにこやかに言った。

この日は、女官たちが香合せの支度をしてくれていた。香合せは二種の香を焚いてその銘柄を当てたり優劣を競ったりするもので、香りを楽しむだけではなく貴人たちが教養を披露し合う遊びでもある。もちろん使われるのは真秀皇国の伝統の香なので、客人の才明に銘柄を問うような無粋はしない。はじめに香の銘柄と特徴を説明し、ゆったりと香りを燻《くゆ》らせて楽しんでもらい、その優劣を論じ合う。

時間のかかる贅沢な遊びだ。香合せを終えて御簾を上げると、外は小糠雨《こぬかあめ》に変わっていた。昼間だというのに、外気は湿って肌寒い。

「香合せは、退屈ではありませんでしたか」

つい本心から尋ねた咲耶に、才明は微笑んで言う。

「真秀皇国のお香は、諸国では真似のできない優れた品が多いと聞いていましたが、本当ですね。いずれも優れた物なので、優劣をつけるのが申し訳ない気持ちになりました」

やはり香合せで優劣を競うことに抵抗を覚えていた咲耶は、才明が同様に感じていたことを嬉しく思った。

才明が言う。

「お香も良いですが、少し釣殿のほうへ行ってみませんか」

春陽宮の釣殿は、西の細殿の先に、池に張り出すように建てられている。屋根はあるが壁がないので、雨の日は床も湿り、あまり心地好い場所ではないが、才明が迷いのない足取りで細殿に向かうので、咲耶は引き止めることもできずにあとに従った。

南北に伸びる細殿は、庭に面した東側に壁はないが、築地に近い西側には薄い戸板が立てられている。戸板の上三分の一ほどは格子の小窓で、明かりを取り込み、風を通す。

先を歩いていた才明が、ふと足を止めて振り返る。

「ほら、香りませんか？」

「え……」

お香のことかと思ったが、そうではない。梅雨時の湿った土や草のにおいに混じり、どこからか絡みつくような甘い花の匂いが漂ってくる。

「このあたりで良いかな」

才明はそう言うと、西側の戸板に手を添えた。普段は締め切られているため滑りの悪い引き戸を、軽く浮かせて横に開ける。

すぐそばに、きれいな白い花が雨に濡れながらも可憐に咲いていた。クチナシだ。艶やかな緑の葉も、まぶしいほど白い花弁も、おそらく晴れた日より雨の中でこそ映える、梅雨時ならではの花だ。

「雨が止んだとき香ってきたので、このあたりに植えてあると踏んでいたのです」

しばらくふたりでクチナシの花を眺め、それから才明は釣殿へと足を進めた。

釣殿から見下ろす池には、雨の波紋が広がっている。その反対側の高欄《こうらん》の下に、紫陽花《あじさい》が咲き乱れていた。多くは青い花だが、赤紫の花も見える。

「梅雨時の花は、気持ちを明るくしてくれますね」

才明は濡れるのもかまわず庭に下りて懐から小刀を取り出すと、まだ咲いたばかりの花を選んで紫陽花を少しばかり切り取った。花を咲耶に手渡し、懐紙で汚れた足を拭って釣殿に戻る。

「部屋に飾って、色の変化なども楽しみましょう」

「はい」

まるで才明のほうがこの離宮の主のようだと思いつつ、咲耶は笑顔でうなずいた。またユキが食べてしまうのではないかと心配したが、ユキは紫陽花には興味を示さなかった。

才明との日々は思いのほか楽しく、気がつけばもう才明が帰国する日が迫っていた。

「ほんの半月……長いようで短いものですね」

明日には帰国するというその日、才明はしみじみと言った。

ひと月は九十一日間なので、半月は四十五日ほどだ。梅雨は明け、切り花にして寝殿の一室に飾った紫陽花はすでに枯れたが、庭の紫陽花もクチナシもまだ咲き残っている。いつのまにか前栽のオシロイバナが満開になり、蔓を伸ばしたノウゼンカズラが朱色の花を咲かせていた。

「ありがとう、咲耶姫、楽しい毎日でした」

「私も……お名残《なご》り惜しゅうございます」

明日はお別れだ、そう思うと、心から寂しかった。つい涙ぐんでしまった咲耶に、才明が優しく問う。

「来月には、またお会いできますね？」

「はい。今度は、私が西海国へ参ります。またお会いできるのを楽しみにしております」

「お待ちしています」

言いながら、才明はふと眉をひそめ、哀しげにうつむいた。

「才明さま……？」

「ああ……いえ、ただ……国へ帰れば、私はひとりの人間ではなく国王として振る舞わねばなりません。こちらでの暮らしのようなわけにはいかず、咲耶姫に心細い思いをさせてしまうかもしれません」

それは仕方のないことだ、咲耶は深くうなずいた。

才明は申し訳なさそうに眼を伏せ、さらに、

「たとえ私がよそよそしく見えたとしても、私が咲耶姫を大切に思う気持ちに変わりはありません。それだけは、どうか心に留めておいてください」

そう言って、ふわりと両腕で包み込むように抱擁《ほうよう》した。

この若さで一国の王であるということは、咲耶が想像する以上に大変なことなのだろう。

(多忙な国王さまに、わがままを言ったりしないわ。私、才明さまを支えられる王妃になろう)

咲耶は、密かに決意した。

そして翌日、西海国の正装に身を包んだ才明は春陽宮で咲耶に見送られ、内裏に挨拶に上がり、その足で帰国の途についた。

今朝まで才明がいた春陽宮。咲耶は取り残されたような気持ちで庭を眺めた。

「急に、寂しゅうなりましたね……」

咲耶の気持ちを代弁するように、小夏が言った。

「……そうね」

「でも、宮さんは半月後にはまたお会いできますし。羨ましいなぁ、好いたお人と結婚できるやなんて」

小夏の言葉に、咲耶はふと己の気持ちを顧《かえり》みた。才明を好きか嫌いかと問えば、もちろん嫌いではない。いなくなって寂しいと思う程度には好きだった。だが、小夏の言う「好いたお人」というほど恋焦がれているわけではないと思う。

(だって、結婚を前提にお会いしたわけだし)

それでも……西海国へ嫁いで才明に添い遂げる覚悟はできていた。小夏の言葉を否定しようとは思わなかった。

寂しくなったと思ったのも束の間、その日から春陽宮では、才明の滞在中は中断されていた咲耶の花嫁修業の特訓が再開された。修道尼院育ちの咲耶は、紅艶いわく姫君としての教養がいちじるしく欠落しているらしい。おかげで朱月の後半は余計なことを考える間もなく、気がつけば月末を迎えようとしていた。

＊　　＊

光の粒がキラキラと舞う中、馬が軽快な足取りで歩いている。
ああ、予知夢を見ているのね。
美しい異国風の細身の装束をまとって馬に乗っているのは……私!?
私は馬になんか、乗ったこともないのに。
それでも不思議と不安ではなかった。
傍らで手綱を引いて歩く青年が、こちらを振り返って優しく笑った。
才明さまだわ……!
大丈夫、才明さまがご一緒なら、初めての馬でも怖くない。

＊　　＊

馬の上から才明に呼びかけようとしたとたん、目が覚めた。
やはり、また予知夢だ。
(私は、これから異国で才明さまとご一緒して、馬に乗って遠出もするのかしら)
これまでとは違う、新しい生活が待っている。
鼓動が、少し速い。だが、それは嫌な感覚ではなかった。
期待に、胸がわくわくしていたのだった。

第二章　予知夢

「宮さん、忘れ物どすか？」

正装の唐衣裳装束で、牛車を待たせたままうろうろと調度品の陰を覗き込む咲耶に、小夏があきれたように尋ねた。

「……ユキを、見なかった？」

もう何日も前から、ユキの姿を見ていない。いよいよ西海国へ嫁ぐことになった咲耶はもう、この春陽宮には戻らないのに。

「いくら宮さんの猫でも、連れてお嫁に行くわけにはいかないのと違います？」

「……だからせめて、最後にお別れくらい言いたかったのに」

ユキはもともと野生の獣だ。咲耶の降嫁の支度で慌ただしかった春陽宮に異変を感じ、どこかに隠れてしまったのだろう。こうなっては見つけることは難しい。咲耶は口を引き結び、悲しみの吐息を呑み込んだ。

白月《はくのつき》一日は、朝から晴れて残暑の厳しい日だった。

出立前の挨拶に参内した咲耶を迎えてくれたのは、従弟の皇帝凰輝と、その両脇に立つ無表情の咲耶の両親、宰相宮と女官長汀子だった。

久しぶりの三人の姿を、咲耶は諦観とともに眺めた。

両親の愛に包まれて育っていたなら、この別れも胸が引き裂かれるほど寂しく悲しかったことだろう。むしろ両親と離れて育って良かったとさえ思うのは、強がりだろうか。

美しく飾られた牛車に乗った咲耶は、騎馬の衛兵たちに先導されながら、女官や従者たちを引き連れて大路を南下した。大路では美しい行列を見ようと集まった帝都の民たちが手を振ってくれて、咲耶はあらためて己は異国へ嫁ぐのだと実感し、寂しさと不安を覚えた。

帝都の門を出ると、牛車よりは速いという馬車に乗り換えて、西の国境へと向かう。馬車の小窓から見えるのは、収穫にはまだ間がある青々とした田園風景だ。途中の寺院に一泊し、翌日も早朝に出立し、日が暮れてから地方の役人の館に一泊した。さらにその翌日も、早朝に出発した。

帝都を遠く離れると、景色はしだいに寂しく荒涼としたものに変わる。田舎道に入ったせいか、この日は一行以外の人影をほとんど見ていない。街道の両脇には、かつては田畑であったと思われる土地が、放置された枯れ草に覆われていた。

遠くに見える粗末な家々は、屋根が半分なかったり、潰れているようにしか見えないものもある。昼すぎにようやく人のいる集落に入り、咲耶も馬車から降りて休憩した。近くにおいしい湧き水があるというので、土地の老夫婦が一行に差し入れてくれた。残暑の季節に、冷たい水はご馳走だった。咲耶は喉を潤して老夫婦に礼を言い、それから尋ねた。

「ここへ来る途中、とても荒れた土地があったのだけど……」

「はぁ、あそこはこのあたりでもいちばん豊かな村だったのですが」

「五年前と二年前、それにこの夏も、ひどい旱魃《かんばつ》に見舞われましてな。川も湧き水も涸《か》れてしもうて、みんな土地を捨てて逃げてしまいました。ここの湧き水は無事でしたので、私らはなんとか」

「大変だったのですね」

「今の皇帝陛下は、災害を予知して教えてはくださらんので……土地の古老が天気を占ったりしとりますが」

老婆が口ごもりながら言うと、老夫が苦笑いする。

「なかなかうまくはいきませんもんで」

咲耶は驚いた。皇帝は、予知夢で民を護り導かなければならない。凰輝はそれを怠《おこた》っているのだろうか。

（ううん。思いやりのある凰輝が怠けるわけないわ）

「昔は、天災の前に皇帝陛下のお達しがあったもんです。今年は雹《ひょう》が降るから田植えはそのあとにしろとか、嵐の前に稲を刈り取ってしまえとか……」

「最後のお達しは、十年……いや、十五年以上前のことでしたかねぇ」

「慎みなさい！　お輿入れなさる姫さまにお聞かせするようなお話ではございませんよ」

咲耶に付き従ってきた女官が、老夫婦の愚痴を遮《さえぎ》った。老夫婦はおしゃべりを詫《わ》びて、小さな背中を丸めて追い出されるように立ち去った。

「めでたい門出だというのに、とんだお耳汚しでしたね。申し訳ありません、この土地の名水を姫さまに差し上げたいと言うものですから」

「いいのよ、お水はおいしかったし、尋ねたのは私だから」

詫びる女官に、咲耶は首を横に振った。

ひと息ついて、一行はさらに西へと向かった。やがて陽が暮れ、空に星が瞬く頃、西海国との国境の森に到着した。険しい山を背負った森には、両国の警備兵たちの簡素な宿舎よりほかには民家もない。

月明かりの下にいくつもの灯りを揺らし、両国の警備兵が申し送りをする。

「真秀皇国咲耶姫さまご一行、到着いたしました」

「真秀皇国咲耶姫さまご一行、確認しました」

国境の形ばかりの柵が開かれ、西海国側から身なりの良い壮年の男がひとり、咲耶の馬車に寄ってきて告げる。

「ようこそおいでくださいました。私は咲耶姫さまの護衛団の隊長です」

西海国の男たちは皆、長い髪を後ろできっちりと三つに編んでいる。才明の緩い三つ編みを思い出し、咲耶の口元には自然に笑みが浮かんだ。

隊長が言う。

「お疲れのところ恐縮ですが、咲耶姫さまにはここで西海国の装束に着替えていただきます」

「ここで、でございますか？」

馬車に同乗していた女官が不服そうに尋ねても、隊長は動じることなく言う。

「はい、ここで。咲耶姫さまは西海国の王妃になられるお方、真秀皇国の物はここですべてお返しし、御身ひとつで王国にいらしていただきます」

「すべて返すと……？」

「はい。お付の方々も、ここでお引き取り願います」

供の者たちのあいだに動揺が広がった。女官が言い返す。

「警護の兵たちはまだしも、わたくしどもはご婚儀前の姫さまのお世話をするために……」

「お世話する侍女は、西海国にもおります。調度品もすべて揃えてございます。我が国の風習に早く馴染んでいただくためにも、皇国の皆さまにはお引き取りを」

毅然《きぜん》とした態度で言われ、皇国側の女官たちは怯《ひる》んだ。彼女らは咲耶に付き従うために選ばれた女官たちではあったが、いずれも内裏の女官で、咲耶とは馴染みのない者たちばかりだった。さらに、

「この峠は、残念ながら山賊どもの巣窟《そうくつ》です。もちろん我々は万全を期してお迎えにあがりましたが、立派な道具や女人たちが列を成して歩けば、襲ってくれと言っているようなものです」

隊長にダメ押しされ、女官たちは押し黙った。

「わかりました。私はひとりで参ります」

ここで揉めても仕方がない、咲耶は決断した。最初の半月は「降嫁」ではなく「行儀見習い」であるが、その後も帰国はせずに婚礼の儀に臨むことになっている。いずれ西海国の人間になる覚悟で、ここまで来たのだ。

「姫さま……」

「皇帝陛下には、せっかく用意していただいた調度品やお道具、それから選りすぐりの女官のみなさんをお返ししてしまうことをお詫びしていたと、お伝えくださいね」

女官たちにそう言うと、咲耶は馬車の中で慣れない装束に着替えた。真っ白で光沢のある練絹の肌着の上に、裾の括《くく》られた袴を穿《は》く。上衣は頭と両腕を通して長い裾を引き下げる。首から肩にかけて斜めに開いた襟元を、輪になった飾り紐を掛けて留めてみた。幾重にも衣を重ねる真秀皇国の正装に比べ、簡素だが細身で洗練された装束だと思った。

(才明さまの御衣に似ている……)

懐かしい気持ちになり、咲耶は微笑んだ。不慣れな木沓《きぐつ》を履くと足がひんやりしたが、不快ではなかった。

　馬車を降りた咲耶に、西海国側の隊長が言う。

「この先しばらくは馬車も通れない峠ですので、咲耶姫さまには馬で移動していただきます」

「私は、馬に乗ったことがありません」

「ご心配には及びませんよ、よく馴らした気立ての良い馬ですから」

　聞き覚えのある声に、咲耶ははっとして顔をあげた。才明の声だと思ったのだ。だが、国王自ら迎えに来るわけがない。咲耶は首を振った。

（でも、たしかに……）

　その声の主は、馬を引いて立っていた。暗いうえに口まで覆う頭巾で顔は見えない。

「サード、咲耶姫さまを馬に」

「はい」

　サードと呼ばれたその男は、しなやかな腕でためらいなく咲耶を抱き上げ、意外にも軽々と馬の鞍《くら》に乗せた。断りもなく触れられて驚いた咲耶が抗議する間もなかった。

サードは手綱を引いて歩き出した。

(サードだなんて、変な名前……)

馬は馴れていて、咲耶は振り落とされる恐怖を感じることもなく、ゆったりと鞍に座ることができた。ふと振り向いて、真秀皇国の者たちに手を振ろうとしたが、闇の中にいくつもの灯りが見えるきりで人の姿など判別もつかなかった。

「揺れますから、前を向かないと危険ですよ!」

手綱を引くサードに注意され、未練を振り切って前を向く。峠の道は細く険しい。こんな夜道では馬が足を踏み外すのではないかと心細くなった。

さいわい無事に峠を越え、街道に出たところで咲耶はまたサードに抱き下ろされ、今度は馬車に乗せられた。婚礼前の身で、衣越しとはいえ従者の男に何度も触れられるなんて……。けれどサードが才明を思い出させるせいか、嫌悪感はなかった。

馬車は整備された石畳の街道を疾走し、三日後の朝、一行は西海国の王都に到着した。

真秀皇国の帝都とは違い、門のない開かれた都だ。大路沿いに市が立ち、早朝から買い物をする人々で賑わっている。市井《しせい》の人々には皇国から花嫁が来るとは知らされていないのか、騎馬隊に護られた立派な馬車が通過するのを、みな何事だろうと不思議そうに振り返る。

東西に伸びる大路の北側に山脈が連なる。その中ほどに、石造りの王城がそびえているのが見えた。

咲耶を乗せた馬車は大路を逸れて緩やかな坂を登っていく。通過する砦《とりで》の衛兵たちが、手にした槍を垂直に立て、背筋を伸ばして敬礼した。

やがて馬車は停まり、緊張する間もなく扉が開かれた。

「ようこそおいでくださいました」

出迎えてくれたのは、揃いの細身の衣をまとった女官らしき女たちだった。皆、頭の両側で三つ編みにした髪をきれいにまとめあげている。年配のひとりが、うやうやしくお辞儀して言う。

「わたくしは咲耶姫さまのお世話をさせていただく侍女頭の瀧口《たきぐち》と申します。以後お見知りおきを」

ここでは女官ではなく侍女というらしい。目尻と口元にしわの刻まれた、細面の厳格そうな美人だ。咲耶は差し出された手にそっと右手を預け、馬車を降りた。

あらためて目の前の宮城を見上げ、圧倒された。

真秀皇国の建物は、基本的に木造の平屋で、高い塔は神殿くらいだ。これほど高い、しかも石造りの白亜の建物を見るのは初めてだ。視線を落とせば、地面には平らな石が敷き詰められている。だから坂道でも馬車が難なく登ってこられたのか。

(……すごい)

「どうぞ、こちらへ」

瀧口に、建物の中に導かれた。

まず連れて行かれたのは湯殿で、咲耶は薄い湯帷子《ゆかたびら》一枚身に着けただけで頭の先からつま先まで洗われた。新しい装束に着替えさせられてから、髪は左右に振り分けて緩く編まれ、簡単な化粧を施される。足には美しい縫い取りがある絹の沓、仕上げに肩から床に引きずる長い肩布が着けられた。

身なりの整った咲耶に、瀧口が言う。

「では、謁見《えっけん》の間にご案内させていただきます」

ようやく才明に会えるのだ。咲耶の胸が急に高なった。長旅の疲れも吹き飛んでしまう。

長い廊下を通り、観音開きの大きな扉が引き開かれる。

天井の高い、大広間。広間の両脇に重臣らしき人々が並ぶ。そして、そのはるか前方の玉座に、美しい装束をまとった若者が座っていた。

（才明さま……）

再会の感動に、咲耶は少女らしく打ち震えた。

荘厳な玉座の両脇には鳥のくちばしと大きな翼、輝く鱗《うろこ》と尾びれを持つ、西海国の神獣が彫られ、その上に複雑な幾何学模様の浮き彫りが飾られている。咲耶の目には幾何学模様が神獣を抑えているように見え、かすかに違和感を覚えた。

咲耶は肩布の裾を引いて、中央の敷物の上をしずしずと進んだ。

「そこでお止まりください」

すぐ後ろに従っていた瀧口が、小声で咲耶を引き止めた。まだ才明とだいぶ離れている。とまどう咲耶に、

「真秀皇国の咲耶姫、西海王国へようこそ」

はるか前方から、才明が言った。耳に馴染んだ懐かしい声だが、今日は硬く冷たく響いた。

「お辞儀を」

瀧口に指図され、咲耶は深く頭を下げた。

「遠路、大儀である」

才明がそれだけ言うと、瀧口は「戻りますよ」とささやいて、咲耶が後ろを向くよう肩布の裾の方向を変えた。

(これだけ……?)

やっと会えたのに、顔もよく見えない距離で、咲耶は才明にひと言の挨拶もしていない。けれど、まだ結婚したわけでもない咲耶は、重臣たちに姿を見せるためだけに、この場に招かれたのだろう。

(才明さまとは、あとでゆっくりお話しできるだろうし)

そう思い直し、咲耶は瀧口に誘導されるままに大広間をあとにした。

廊下を進み、階段を登り、外の風を頬に受けて城壁の外廊下を歩いてまた建物に入る。

「こちらが、咲耶姫さまのお部屋でございます」

広い廊下に面した瀟洒《しようしや》な扉が開かれた。控えていたのは若い侍女ふたり。たぶん湯殿で着替え等を手伝ってくれた侍女たちだ。

「お部屋付きの江間《えま》と申します」

「小間《こま》と申しますぅ」

背が高くほっそりとした江間は、年齢は咲耶と大差なく見える。小間は江間より背が低くて少しふっくらしているが、顔はよく似ている。どうやら姉妹のようだ。

「咲耶です。よろしくお願いします」

頭を下げたふたりに、咲耶も丁寧に挨拶した。

明るい部屋で、真っ先に目に付いたのは中央の可愛らしいテーブルセットだ。壁際には繊細な飾り彫りの棚があり、大きな窓もある。猫足のテーブルセットの下には、ふかふかの大きな褥が敷かれていた。

疲れていた咲耶は、テーブルの足元の褥に座ろうとしたのだが、

「まあ、お行儀の悪い」

瀧口が、そう言って咲耶の腕を摑んで立ち上がらせた。

「え……あの……？」

「床に座るなんて、姫君のなさることではありません。椅子もソファもございますでしょう」

たしかに褥の上には一人掛けの椅子が一脚、壁際には布張りの細長い椅子もある。真秀皇国では室内で椅子に座るのは何らかの儀式のときだけだが、西海国では違うらしい。

江間と小間が肩布を外してくれて、ソファと呼ばれた細長い椅子に咲耶を誘導し

た。気後れしながらソファに腰を下ろした咲耶は、その柔らかさに驚いた。長旅と緊張で疲れた身体が、ソファに沈みこんでゆく。

「お疲れでしたら、寝室でお寝みくださいませ」

瀧口が言うと、江間が奥の扉を押し開けた。

「こちらが寝室でございます」

そこには見たこともない形の御帳台が置かれていた。目の前のそれは天上から薄い布が垂らされた、浜床よりずっと高さのある寝台だった。

江間と小間ふたりがかりで上衣と沓を脱がされ、咲耶はくったりと寝台に伏した。才明との再会が期待はずれだったせいか気が抜けて、急に疲れを感じていた。

ではごゆっくり　ごようがあればよんでくださいませ……

意識がぼんやりしていく中、瀧口の声が遠くに聞こえ、寝室の扉が閉まる音がした。


目が覚めたとき、あたりは薄暗く、咲耶は時刻を知るすべもなく寝台に身を起こした。

窓は厚い布に覆われ、明かりは差し込まない。低い台の上に、透けるほど薄く削られた宝玉が置かれ、中に灯された火がゆらゆらと揺れていた。

「……どれだけ眠っていたのかしら……」

尋ねるともなくつぶやくと、

「お目覚めでございますか」

寝室の扉が開き、瀧口が入ってきた。扉の向こうは明るいようだが、自然光ではない。

「あの……今は？」

「お夕食の支度が整っております。どうぞ、こちらへ」

瀧口が言うと、江間が咲耶に薄い上衣を羽織らせ、小間が沓を履かせてくれた。

「咲耶姫さまのぉお御足は小さいのですねぇ。童話の王子さまがお持ちのガラスの沓もぉきっとピッタリ」

小間がうっとりとつぶやいて、まじめそうな江間に睨まれた。どんな童話なのか咲耶は知らないが、小間は夢見るお年頃らしい。

寝室を出ると、昼間見たテーブルの上にひとり分の食事が並べられていた。

「……才明さまは……？」

「陛下は執務室においでです」

「食事はご一緒できないのですか？」

「お忙しいので」

そう言われては、わがままは言えない。咲耶は心が萎《しぼ》むのを感じながら、ひとりで食卓についた。侍女たちは黙って部屋の隅に控えている。白い艶やかな器に盛られた料理はどれも美しいのに、ひとりぼっちではまるで砂を嚙むようで少しも美味しくなかった。

食後に良い香りのお茶を出され、その一瞬だけ心が和んだが、馴染みのない侍女たちに囲まれて時間を持て余してしまう。

サイドテーブルの籠にはさまざまな果物が盛られていて、江間が、

「私がお剝きいたします。どれを召し上がられますか？」

と言ってくれたけれど、咲耶には食後に果物を食べる習慣がなかったし、おいしそうな果物もひとりで食べるのは寂しく「いらないわ」と断った。

「お疲れでございましょう、今宵は早くお寝みください」

瀧口に言われ、寝室に引き返す。今度は仮眠ではないので夜着に着替えさせられ、寝台に横になった。

「明朝はわたくしどもが起こしに参ります。それまで、ゆっくりお寝みくださいま

せ」

勝手に起きて来るなという意味だろう。窮屈だなと思いながらも咲耶はうなずき、瀧口らは満足げに寝室から出て行った。

長旅で体はまだ疲れているのに、仮眠をとったせいか頭が冴えて眠れない。柔らかい枕に頬を押し付ける。

（ユキがいてくれたら……）

白いふわふわの獣毛とぬくもりを思い出し、寂しさに泣きたくなったけれど、こんなことくらいで泣いてはいられないと己を鼓舞する。

（明日はきっと才明さまにお会いできるのだから……泣いて目が腫れた顔をお見せしたら恥ずかしいわ）

だが、翌日も、その翌日も才明は忙しいらしく、咲耶は瀧口に西海国の女性がたしなむ手芸など教わりながらすごした。

朝食のあと、咲耶はひとりでバルコニーに出ていた。

王城が山の中腹にあるので、そこから街が小さく見下ろせる。街の向こうに広がる灰色がかった帯。

(あれは……たぶん海)

真秀皇国にも海はあるが、帝都から出たことのなかった咲耶は、一度も海を見たことがない。

(才明さまと一緒に、見に行けたらいいのに……)

予知夢で見たように、馬に乗って……。想像し、甘い期待に胸が膨らんだ。

だが、現実は、西海国に来てもう五日になるというのに、才明には初日の広間で声をかけられたきり、ただの一度も会えていない。

(国王陛下がお忙しいのはわかるけど……)

咲耶は唇を嚙んだ。

バルコニーのすぐ下に、幾何学模様に刈り込まれた可愛らしい庭が広がり、色とりどりの花が咲き乱れている。春陽宮でそうしたように、才明とこの庭を歩きたい。それさえも叶わぬ夢なのだろうか。

「咲耶姫さま、そろそろお入りください。日に焼けてしまいます」

この国でも姫君は色白であるのが望ましいらしく、江間が心配そうに言った。咲耶は素直に部屋に戻った。

「今日は、昨日の続きの刺繡をいたしましょう。それとも、レース編みをお教えしましょうか」

瀧口が言った。西海国の刺繍はすばらしいが、咲耶の関心はほかにある。

「今日こそ、才明さまにお会いできますよね？」

瀧口が困った顔をした。昨日まではそれで引き下がった咲耶だが、このままではいつまで待っても才明に会わせてもらえないのではと心配になる。

「国王陛下ですもの、お忙しいのはわかっています。でも、お顔も拝見できないなんて……」

「陛下は今、本当に多忙であらせられるのです。昼間は国の内外の要人と会われ、夜は執務に追われて、執務室でお寝みになられるようなありさまで……私どももお体を壊されるのではないかと心配しております」

「……………」

咲耶は無言でうつむいた。

「婚礼も済んで、咲耶姫さまが晴れて王妃におなりあそばせば、執務室や陛下の私室への出入りも陛下がお許しくださるでしょうが、今はまだ、咲耶姫さまは真秀皇国からのお客人であられますから」

それでは、婚礼まで才明に会えないのだろうか。つい不審と不安を顔に出してしまった咲耶に、とりなすように瀧口が言う。

「もちろん、陛下にお時間ができましたなら、咲耶姫さまとご一緒していただけるよう、私どもからもお願い申し上げますので」

頭を下げて慇懃に言葉を重ねる瀧口を前に、咲耶は引き下がるしかなかった。

結局この日も、昼も夜も才明には会えないまま、咲耶はひとり寂しい夕食を済ませた。

「果物をお剝きしましょうか」

食後のお茶を出しながら、江間が尋ねた。食欲もなくて首を横に振る咲耶に、小間が無邪気に教えてくれる。

「陛下はぁ少し固い桃がお好きですよ。それにぃ、お昼を召し上がる時間も惜しいときにはぁ、よくナッツをつまんでおいでなの」

姉の江間が、妹の余計なおしゃべりを軽く睨んだ。

「……才明さまは、今宵もお仕事なの？」

「はい。お夕食も執務室で召し上がると伺っております」

「そのお部屋は、ここから離れているの？」

咲耶はある事を思いついた。

「……隣の塔ですが、渡り廊下を渡ればすぐでございます」

江間はそう言って、お茶道具を片付けるために部屋を出て行った。この時間帯には瀧口は席を外していることが多く、部屋には咲耶と小間だけが残っていた。

「……ねぇ、小間、才明さまの執務室はわかる？」

「もちろんですぅ」

小間は少し得意げに答えた。

「才明さまに果物を持っていって差し上げようと思うのだけど、案内してくれる？」

「かしこまりました」

江間の口調を真似るように、小間が言った。

咲耶は桃と梨と、名前も知らない初めて見る果実を皿に載せると、小間の案内で部屋を出た。頭の中で、才明に会ったらどんな言葉から切り出して挨拶しようか、あれこれ考えてみる。

夜の廊下はところどころに灯がともされ、影が足元に幾重にも伸びる。壁のない渡り廊下には灯はないが、月明かりに照らされ心地好い風が吹いていた。

「こちらでございますぅ」

小間が指し示した執務室の前には軽装の衛兵がふたり立っていて、突然咲耶が現れたことに驚いて顔を見合わせた。

咲耶は意識的に堂々と言う。

「陛下に果物を」

「え……いえ、しかし……陛下のご要望でございますか？」

「私が差し入れたいのです」

衛兵たちがとまどっていると、扉の向こうから声がする。

「どうしたのだ？」

才明の声だ。咲耶は自ら大胆に扉を開けた。

「夜分、申し訳ありません、才明さま。執務でお忙しいと伺い、果物を……」

目の前の光景に、用意していた言葉を最後まで言えずに、咲耶は固まった。

執務室らしい、重厚な部屋だった。窓側に厚い布がかけられ、壁面を書棚が覆っている。正面には大きな机が置かれ、才明はそこで執務中だった。

その傍らに若い女人がふたりいて、ひとりはお茶のポットを持ち、もうひとりはまさに果物を切り分けている最中だった。白いしなやかな手に銀のナイフを持ち、食べやすい大きさに切られた果物の皮を剝く。咲耶は自分が持ってきた丸ごとの果物が無骨に見えて、隠してしまいたい衝動に駆られた。

(この人たちは、誰?)

侍女かとも思ったが、ふたりはそれぞれ美しい装束をまとい、結い上げた髪にも見事な飾りを挿している。容姿は美しく、胸元や腰つきに咲耶には真似できない色香が漂って感じられた。

「……何者だ?」

才明が咲耶を見つめながら訝しげに尋ねた。

「あの……咲耶です。お忘れですか?」

ほとんど面識のない衛兵たちでさえ、咲耶が何者であるか察していたふうなのに、半月前は毎日のように顔を合わせていた才明が、もう忘れてしまったというのだろうか。

「サヤ……ああ、皇国の姫か」

それだけ言って、才明は視線を手元に戻した。

むしろ傍らの女人たちのほうが恐縮し、ふたり壁側に寄って目を伏せる。

才明は溜息をつき、衛兵に命じる。

「姫を部屋にお送りしろ」

「はっ、失礼いたしました」

衛兵たちは才明に一礼すると、道を空けるように扉の両側に立って咲耶に退室を促した。

咲耶は口から不平がこぼれそうになったが、当の才明はもう振り向いてもくれなくて、女人ふたりの気まずげな視線にも耐えられず、退散するしかなかった。廊下で待っていてくれた小間に果物の皿を渡し、衛兵に前後を護られて引き返す。

部屋の前では瀧口と江間が待っていて、

「お手数をおかけいたしましたね」

瀧口が衛兵に謝罪した。

衛兵たちが立ち去るのを待って、江間は小間から果物の皿を片手で受け取り、もう一方の手で小間の頬を叩いた。

「待って、小間は悪くないの。私が……」

咲耶が言いかけるも、小間はしくしくと泣き出した。江間は静かに一礼すると、泣きじゃくる妹の手を引いてその場をあとにした。

「主が判断を誤れば、使用人が罰を受けるのですよ」

瀧口が、冷たく言い放った。

（わざと、私の目の前で打たせたのね）

もう二度と勝手なことをするなと釘を刺すために。

促されて部屋に入ると、瀧口が蔑《さげす》む口調で説教する。

「勝手に陛下の執務室に押しかけるなどという無作法は、前代未聞にございます」

だが、作法がなんだというのだろう。大切なのはそんなことではない。

「……私は、才明さまの側室のひとりなの？」

「いいえ。咲耶姫さまは真秀皇国の皇族の姫君、王妃さまになられる唯一のお方です」

「でも、執務室には若い女の人たちが……」

咲耶の訴えに、瀧口は表情も変えず、当然のように言う。

「今宵お傍に侍《はべ》っているのは、芙蓉《ふよう》夫人と琥珀《こはく》夫人ですね」

「……夫人？」

咲耶は目をしばたたいた。

「陛下の妻となられる方々の最高位が王妃さまで、夫人はその下の皆さまです。咲耶姫さまがお気に留める必要はございません」

気にするなと言われても、心は安らがない。咲耶は才明に会うことさえできずにいたのに、あの女人たちは当たり前のように執務室にいたのだ。

瀧口は言う。

「夫人たちと寵愛《ちょうあい》を競おうなどとお考えになられてはいけませんよ。夫人であれ王妃さまであれ、なんぴとたりとも陛下にとって特別なひとりであってはならないのですから」

「……どういうこと？」

「陛下が特定のひとりを寵愛すれば、その者の実家やお気に入りが権力を握ることもありうるでしょう。王子の母方の家である外戚が力を持ち、王家を脅かした事例も過去にはございます。そのようなことがないよう、めでたくお子が生まれれば、実母が誰であれすべて王妃さまのお子として養育いたします。これは、外戚の弊害から王家を護る、最良の制度でございますよ」

理屈はわかるが、その説明には愛情の入り込む余地がなかった。たとえ政略結婚でも、身も心も夫に捧げる覚悟で西海国まで来たというのに……この気持ちをどこに持って行けばいいのだろう。

戸惑いを隠せない咲耶に、瀧口が苦笑して付け加える。

「失礼ながら、外戚の害ばかりではなく、真秀皇国と同じ轍《てつ》を踏んではならないという教訓もあってのことなのですよ」

「同じ轍……？」

咲耶が表情を曇らせると、瀧口は嘆息まじりに話し始めた。

「お若い咲耶姫さまはご存知ないかもしれませんが、先代の皇帝寿鳳さまは皇妃棣《てい》子《こ》さまを寵愛なさるあまりほかの女人を寄せつけず、棣子さまが初産の直後にお亡くなりになると、国政も顧みずに嘆き暮らされ、病を得て崩御なさったとのこと。さいわい日嗣《ひつぎ》の皇子はご無事に成長され即位なされましたが、ご兄弟もおられず、御身にもしものことがあれば皇国二千年の歴史が途絶えてしまおうかという危機的状況でございます」

(知ってるわ……！)

それゆえ咲耶の母汀子は、帝弟妃という高貴な身分にもかかわらず乳母筆頭として凰輝を育て、凰輝が即位してからは父黒曜も宰相宮として凰輝を支えている。咲耶にしてみれば両親を凰輝にとられたようなものだが、幼いうちに両親を亡くした凰輝を思えば、立場上、自分が両親とめったに会えないことも我慢しなければならなかった。

瀧口が言う。

「ですから、こちらから申し込んだ縁談ではございましたが、まさか真秀皇国の帝位の第二継承者であられる咲耶姫さまが、この国にいらしてくださるとは思っておりませんでした」

「私が、第二継承者……？」

咲耶は驚きのあまり言葉を失った。

「ええ。皇帝陛下にご兄弟もお子様もいらっしゃらない現段階では、第一継承者は前皇帝の弟君の黒曜殿下、次が殿下の姫君であられる咲耶姫さまだと伺っております」

「でも……皇国で女帝など……」

「前例がないというだけのこと、皇統規約では女帝を否定しておりませんよ？　まさかご存知ないのですか」

咲耶の不勉強をなじるように、瀧口が冷たく尋ねた。咲耶は恥じ入りつつも、前例がないのであれば、やはり女帝は「ない」のだと思う。伝統を重んじる真秀皇国においては、前例は法よりも優先される。それに。

「もっとも、今の皇帝陛下にお子様がお生まれになれば、咲耶姫さまが継承のご心配をなさる必要もなくなるのですけれどね」

ちょうど咲耶も考えていた同じことを、瀧口が口にした。

翌朝、咲耶は江間に起こされても寝台から起き上がろうとしなかった。

昨夜の一件で、すっかり落ち込んでいた。

(見ず知らずの異国に来て、才明さまの良い妻になろうと張り切っていたなんて……私、なんて愚かだったの。何も知らなかった)

これは政略結婚なのだ。国王の才明にとっては真秀皇国の皇族の姫を王妃に迎えることが大事なのであって、それが咲耶であろうとほかの女であろうと、構わないことだったのだ。咲耶は王妃という名の人質として、この国で一生を終えることになるのだろう。凰輝も両親も、それを承知で咲耶を送り出したのだ。

こんなことになるなんて、予知夢は教えてくれなかった。

咲耶は自分を呪った。

(私の予知夢なんて、何の役にも立たないのだわ)

その予知夢も、西海国に来てからは一度も見ていない。

あらためて、咲耶は目を閉じて己の心の内を見つめ直した。後悔はしていない。

真秀皇国にいても、咲耶に居場所などなかったのだ。修道尼院も春陽宮も仮の住まいでしかなかった。皇国の忠実な宰相宮であり女官長である両親にとって、皇帝である凰輝こそが大切で、娘の咲耶がどうなろうと真秀皇国の大事に関わりはない。

(そして、この国でも……皇国の姫が王妃になることが大事なのであって、それは私でなくても良いのだわ)

才明王にとって、咲耶もほかの夫人たちと同じ大勢の妻のひとり。

(ううん、たぶん、それより……)

咲耶は誰かのためにお茶を淹れたことも果物を剝いたこともない。今ここでは誰にも必要とされていないのだった。そう思うと絶望的な悲しみに襲われたが、咲耶は大きく息を吐き、頭を切り替えようと身を起こした。

お腹がすいた。たぶん朝食の時間はとっくに過ぎている。枕もとの鈴を鳴らすと、江間と小間が心配そうに入ってきた。

「お目覚めでございますか」

「着替えるわ。それから、何か食べるものはある?」

無理に笑顔を作ろうとしたが、上手くいかない。

「厨房に伝えて、すぐに支度を」

「わざわざ作らなくていいの。朝の残りがあれば、それで」

「……温め直して持ってきて」

江間に言われ、小間はうなずいて出て行った。それから、江間が着替えを手伝ってくれた。

テーブルに、遅い朝食が並べられた。おそらく温め直しではなく、急いで作り直されたものがほとんどだ。

食卓の横に、瀧口の姿があった。嫌味のひとつも言われるだろうかと思ったが、咲耶の気持ちを慮《おもんぱか》ってくれているのか、寝坊を咎める言葉はなかった。

食事を終えてお茶を飲んでいると、瀧口が昨夜のことには触れずに言う。

「昨日の刺繍がまだ途中でしたね。お茶が済みましたらその続きをお教えしましょう」

胸に刺さったトゲを抜くように、咲耶は正直に問う。

「刺繍は、必要？」

「……半月後の婚礼に、ご自分で刺繍された御衣をお召しになりたいと思われませんか」

「別に、こだわらないわ」

愛する男の妻になるための婚礼なら、ひと針ひと針に心をこめて刺繍したいと思うかもしれないが、政略結婚は婚儀自体が形だけの儀式だ。初心者の咲耶の下手な刺繍に価値があるとは思えない。

「そうでなくとも、王妃さまは、国中の女たちのお手本となるべき婦人です。お裁縫全般も、身に付けるべき教養のひとつかと存じ上げます」

「それは、いずれ身に付けたいと思います」

「……ほかに、優先させたいことがおありなのですか？」

「私はまだ、この国のことを何も知りません。国どころか、この城の中さえこの部屋以外ほとんど知らないわ」

政略結婚の王妃でも、籠の鳥にはなりたくない。立場上、自由に出歩くことは難しいだろうが、せめて自分が住む場所のこと、国のことをもっともっと知りたい。

（だって、私、才明さまの妻ではなくて、この国の王妃になるのだもの）

咲耶は前を見つめた。

自分の運命を嘆くより、与えられた境遇の中で精一杯生きるのだ。両親にも夫にも愛されない己を振り返ってばかりでは、不安にもなる。

（もしかして、私に何か大きな欠点があるのかしら……？）

だが、もしそうだとしても今ここで欠点がわかるわけもなく、今は落ち込んでいる場合ではないと頭を振って不安を払いのけた。

「……咲耶姫さま。では取り急ぎ、西海国の歴史と地理学、それから法学と民俗学などの講師を手配いたしましょう」

瀧口が仏頂面で言った。咲耶は内心おののきながらも、自分が言い出したことなので深くうなずく。そして、講師が来るまでは昨日の続きの刺繍を習うつもりでテーブルについた。

「今日のところは、ゆっくり城内を見て回られるのもよろしいでしょう」

「え……いいの？」

「はい、ただし王妃さまになられるお方が勝手に出歩かれては困ります。江間、小間、ご案内してさしあげなさい」

「はい」

「はぁい」

異口同音で、江間小間姉妹が嬉しそうに返事をした。若い侍女ふたりも、連日の刺繍三昧に飽きていたようだ。

馴染みのない煉瓦《れんが》と石で造られた頑強な城。咲耶の目には廊下の白い壁や手すりさえも珍しく、咲耶は案内してくれる姉妹のあとをわくわくしながら歩いた。とはいえ、この城は春陽宮と違って政務の場でもあるため、咲耶が歩き回れるのは自分の部屋の周囲のほんのわずかな範囲でしかなかった。

「この先は、重臣の方々がおいでになるので」

江間は大きな扉の前でそう言い、踵を返した。もうこれで部屋に引き返すのかと落胆した咲耶だが、振り返ると、いつのまにか姿を消していた小間が三人分の帽子を抱えて戻ってきて、そのうちのふたつを江間に渡した。小間自身はお気に入りらしい造花のついた麦藁帽子をかぶり、満足そうににっこり笑った。

「よろしければ、中庭をご案内いたします」

江間はそう言って、きれいなつば広の帽子を咲耶の頭に載せてリボンを結び、自分も簡素ながらもお洒落な帽子をかぶった。

庭を散歩できるだけで咲耶は嬉しかった。

「才明さまが真秀皇国にいらしたときは、私が離宮の庭をご案内したのよ」

実際はどちらかといえば才明が案内していたような気はするが、そこは少し誤魔化した。ほんの半月あまり前のことなのに、なんだかとても遠い昔のようだ。

江間と小間は、なぜか怪訝そうに顔を見合わせた。

一階のテラスから続く中庭の小路には石畳が敷き詰められていて、今日のように晴れた日は布の沓のまま歩くことができるという。

自然の野山を小さく再現する真秀皇国の庭と違って、この庭は幾何学的な直線と曲線で美しく造形されている。小路を歩けば、すぐそばに色とりどりの花が咲き乱れていた。

「ちょうど満開の季節なのね」

咲耶が言うと、江間が淡々と説明する。

「いつでも見ごろになるよう、庭師が季節の花をこまめに植え替えるのです」

「……植え替えるの？　季節ごとに？」

「花が萎れればすぐ、開きかけの蕾《つぼみ》のついた苗と入れ替えます」

中庭とはいえ、けっして狭くはない。庭師の仕事の忙しさを想像し、咲耶は言葉をなくした。

きっちり咲耶の半歩後ろを歩いて説明する江間とは対照的に、無邪気な小間はひらひらと飛ぶ蝶に気を取られて遅れては、江間に小声で叱られている。

小路の先に、ちょうど作業をしていた庭師の姿があった。樹木の剪定《せんてい》をしているようだ。

「おーい、サード！　そっちの脚立を持ってきてくれ」

庭師は咲耶たちに気づいていないらしく、高い木の枝に手を伸ばしたまま誰かに呼びかけた。

(サード……？)

聞き覚えのある名前……ああ、国境に迎えに来て馬を引いてくれた若者もサードと呼ばれていたと思い出す。

やっと咲耶に気づいた庭師が、脇に避けて膝をつき、頭を下げた。

「お仕事の邪魔をしてごめんなさい。どうぞ、そのまま続けて……」

咲耶がそう言いかけたとき、

「おやじさん、この脚立、ネジがひとつ抜けたままだけど……」

茂った庭木の陰からサードと呼びかけられた青年が古い脚立を手に現れ、ひざまずいた庭師を見て、それから咲耶に顔を向けた。

「え……？」

「あ……」

お互いの顔を認め、しばし凍りつく。

「……才明さま……？」

その顔は、たしかに才明だった。

国王とは思えない質素な服を着て、その服のあちらこちらに泥が付いている。長い髪も作業の邪魔にならないようきっちりと編まれて背中で揺れる。だが、優しげな美貌は見間違いようもない、春陽宮でともにすごした才明その人だ。

「……政務でお忙しいのでは……？」

素朴な疑問を口にした咲耶に、江間が笑顔で言う。

「サードは、国王陛下の複製《クローン》です」

「くろーん……？」

意味がわからず復唱する咲耶の前で、サードが明らかに「しまった」という顔をした。それから天を仰ぎ、やがて慎ましやかな笑みを浮かべてみせて、視線は合わせずに咲耶に頭を下げる。

「はじめまして、真秀皇国の姫君ですね」

（はじめまして……？　どうして？　才明さまじゃないの？）

たしかに、昨夜の才明とは同じ顔でも表情が違う。むしろ、咲耶が知る才明……春陽宮で共に過ごした才明は、今目の前にいる青年のほうだ。

ふと、故国で見た予知夢を思い出す。咲耶が乗る馬の手綱を引いていた才明。目の前の若者は、国境の山を越えるとき手綱を引いてくれた若者と同じ名だ。

「……国境に迎えにいらしてくださったのは、あなた？」

「あ……ええ、そうでした。そうですね、あのときはご挨拶もせず、失礼いたしました」

「あなたは才明さまにそっくりだけど、才明さまでは……ないのですか？」

「はい、違います」

「でも……どこからどう見ても」

言い募る咲耶に、サードは少し困った顔をしたが、それは迷惑そうな表情ではなく、無知な幼子を見守る大人のようなまなざしだった。

サードが、江間に尋ねる。

「咲耶姫さまに、庭をお見せしていたところかい？」

「ええ」

「この先は、私がご案内してもいいだろうか」

「もちろんだわ。草花に詳しいサードが案内してくれるなら、そのほうが咲耶姫さまも楽しまれると思うし。私たちは、あちらでお待ちしていますね」

江間は快く承諾すると、建物の入り口を振り返ってそう言った。

傍らで会話を聞いていた小間は、思わぬ自由時間を得て、嬉しそうに蝶を追って走って行った。江間は咲耶に一礼して、妹を追うように歩き出した。

「じゃ、おやじさん、脚立はここに置くからね。そうだ、ネジが抜けていたから、気をつけて」

サードが言うと、脇に避けてひざまずいていた庭師が親しげに応じる。

「ああ、ありがとう。王妃さまに失礼のないようにな」

江間といい、庭師といい、サードに対する言葉遣いは、けっして皇帝に対するものではない。それでも……。

庭を歩き、もうここならば江間たちや庭師に声が届かないだろうと思ったところで、咲耶はあらためて言う。

「あなたが皇帝陛下でないというのは、わかりました」

「そうですか。ご理解いただけて助かります」

「あなたこそ、春陽宮にいらした本物の才明さまなのね?」

咲耶の言葉に、サードは苦笑する。

「本物と言うなら、執務室にいらっしゃるのが本物の陛下です」

「では、あなたは……」

何者なのだという問いには答えず、サードは咲耶の目を見て詫びる。

「たしかに、真秀皇国に参りましたのは私です。申し訳ありません、陛下も私も、けっしてあなたの国を欺《あざむ》くつもりはなかったのです。しかし、今西海国は隣国と緊張状態にあり、この縁談のために陛下が半月も国を留守にするわけにはいかなかったのです」

それは理解できるので、咲耶としても責める気はない。むしろ気になるのは、

「……サードさまは、才明さまの弟君なのですか？　お顔もお声も、そっくりですよね」

江間は「クローン」と言っていたが、咲耶にはその意味がわからなかったのだ。

サードは答えないまま、ゆっくりと庭を進んだ。黄色いツルバラのアーチの先に、色とりどりの美しい秋バラが咲きそろった一画がある。

「私が陛下の代わりに真秀皇国に行ったことは、国の者たちはほとんど知りません。婚儀の前に交互に訪問するしきたりは、この国にはないので」

サードの説明で、さっき春陽宮の話をしたとき江間と小間が顔を見合わせた理由がわかった。咲耶にとっては大切な思い出だが、あれは口にしてはいけない話だったのだ。あのときと同じように、ふたりで庭を歩いているというのに。

競うように咲くバラの中で、真珠の輝きを宿した大輪の白いバラがひときわ目を引いた。その花に手を添え、サードが言う。

「これはユーリという名のバラで……このバラに限らず、園芸品種の多くは野バラの根に接木《つぎき》をして咲かせているのです。根は別物ですが、花はユーリです」

花の説明をしてほしいわけではない。そう言おうとした咲耶に、サードが続ける。

「私も、そのようにしてつくられました」

つくられた……？

「ヒトと草花は、違いますよね？」

「ええ。でも、理屈は似たようなものです。受精卵という根に、才明陛下の遺伝子が接木されて生まれたのです」

サードの言葉が理解できたわけではなかった。前例と神託を何より重んじる真秀皇国では、生命は神から授かるもの。「つくられる」生命はない。農作物でさえ、植えて世話をするのはヒトだが、実りは神に委ねられる。

「サードというのは、名前ではなく三番目という呼称です。西海国の王家の者は、病や戦争で若くして亡くなるケースが多かったので、王に万が一のことがあったとき、体の一部、あるいはすべてを提供するための予備の肉体としてつくられたのです」

「予備……」

「一番目《ファースト》は失敗作で、二番目《セカンド》は才明陛下が腎を患われたときに使われました」

「……そのおふたりは……どうなさっているのですか？」

「不要になり、廃棄されました」

廃棄……それは人間に対して使われる言葉ではない。だが、サードの声に翳《かげ》りはなかった。当然のこととして受け入れているのだ。

「……どうして私にその話を……？」

「あなたは、この国の王妃になる方だから」

そのひと言が、咲耶の胸にストンと落ちた。己の孤独な決意を後押ししてもらった気がして、嬉しかった。

「サード。私は、一人前の王妃になれるでしょうか」

「あなたが望まれるなら」

目の前の青年は真っ直ぐに咲耶を見つめた。才明が……いや、サードが認めてくれるなら、きっと頑張れる。そう思う反面、サードの出生の話が重く哀しく胸を締め付けた。この国の価値観は、咲耶が馴染んだものとは違う。不安に、心細くなった。

＊　　＊

視界が、黄金の砂をまぶしたように輝いている。

その中央で、濁った水があふれ、渦を巻く。

これも……予知夢なの？

背中に寒気が走る。

渦を巻いているのは、大河かしら……いいえ、違う！

木々も家も押し流され、板切れにしがみついた幼い子供が、目の前で濁流に呑み込まれて沈んでいく。

待って！

私は思わず手を伸ばしたが、子供には届かなかった。

どうすればいいの？

屋根によじ登って避難した者たちが、屋根ごと流されて助けを求める。

悲鳴も、叫び声も、押し寄せる水の音にかき消され、呑み込まれた。
見ているだけで、何もできない。
悲惨な光景に恐ろしくなり、思わず目をつむってしまう。
そのとき、水の生臭さに混じって、かすかに甘い香りがした。
この香りは……桂花《けいか》？
帝都では貴族が住む屋敷の庭で多く花を咲かせる、秋の花だ。

＊　＊

「…………！」
闇の中、咲耶はハッとして目を開いた。
予知夢だ。
この国に来て予知夢を見るのは初めてだが、間違いない。
恐怖に、背中が冷たい汗で濡れていた。胸が苦しい。
（洪水……？　この都で？　いいえ、違う）
あたり一面を覆い尽くす水面から、かろうじて倒壊せずに残った建物の一部が見えていた。見覚えのあるそれは、真秀皇国の帝都の右京区にある寺院の鐘楼《しょうろう》だった。

(帝都が、洪水に……)

大変だ。

早く知らせなければと身を起こし、いや、すでに皇帝の凰輝が予知して対策を講じているはずだと思い直した。

(でも……)

国境の側の集落で老夫婦から聞いた言葉が、ふいによみがえった。もう十五年以上も前から、皇帝は予知夢で民を救っていない。つまり前皇帝は皇妃を亡くして以降ずっと、そして跡を継いだ凰輝も予知で治世していない。

(もし、民が知らされていなかったら……)

災害の予知夢を見たのは、初めてだ。幼いころからの予知夢は、身のまわりの些細なことがほとんどで、白徳尼に言われるまでもなく他人に告げる必要もないことばかりだった。

だが、これは違う。災害自体を防ぐことはできないが、わかっていれば人々を避難させられる。予知夢で救える生命があるはずなのだ。知らぬふりはできない、と咲耶はうなずいた。

咲耶は凰輝に文をしたためることにした。すでに凰輝が予知していれば不要の報せとなるだけだ。

寝台の傍らの瀟洒な机の上には水差しとグラスしかなかったが、引き出しには紙と筆が納まっていた。窓を覆う厚い布を除ければ、空はもう白み始めていた。

(どう書き出そう。私が予知夢を見たことで、凰輝が混惑しないように……)

机の上に紙を置き、咲耶は心を静め目を閉じた。


「おはようございます」

江間がそう言って寝室の扉を開けたとき、咲耶はちょうど凰輝への文を書き終えたところだった。

「おはよう」

「咲耶姫さま、もう起きていらしたのですか?」

「ええ。ちょうど良かった、真秀皇国に急ぎの文を出したいのだけれど、誰に頼めば届けてもらえるかしら」

「お文……ですか?　お待ちくださいませ」

江間は戸惑った顔をして、一礼して寝室を出て行った。おそらく瀧口に相談しに行ったのだろう。嫌な予感がした。入れ違いに入ってきた小間が、

「今日も良いお天気ですぅ、明るい色のお召し物にいたしましょうねぇ」

と、鼻歌のように歌いながら、咲耶の着替えを手伝ってくれた。

文を手にして寝室を出ると、居間では瀧口が難しい顔をして立っていた。

「おはようございます。お話は伺いました。婚礼前のこの時期に、真秀皇国に何をお知らせするというのでしょう」

「それは……」

咲耶は言葉を呑み込んだ。正直に話せば、皇帝でもない咲耶が予知夢を見ることだけでなく、凰輝が予知夢で国を治めていないかもしれないことまで知られてしまう。迂闊《うかつ》なことは言えない。

「婚儀のあとであれば、故国にご挨拶のお文をお出しになるのもよろしいかとは存じますが」

「それでは間に合わないかもしれない……」

「何に間に合わないと仰《おお》せなのでしょう」

片眉を上げて尋ねられ、口をつぐむ。夢の中の、あの甘い香り……あれは桂花の

香りだった。桂花は白月二十日過ぎから小さな金色の花を咲かせ始める。その花の時期に洪水に見舞われるのだとすれば、もう十日もない。一刻も早く知らせなければならなかった。

黙ってしまった咲耶に、瀧口は溜息をついて言う。

「この国で見聞きしたことを真秀皇国の皇帝陛下に訴えられて、お国に帰りたいなどとおっしゃられても、皇帝陛下もお困りになられますよ」

どうやら咲耶がこの国に来たことを後悔して、皇帝に泣きつこうとしていると思っているらしい。先日の執務室の件もある、瀧口にそう思われても仕方のないタイミングだ。

「そうではないの……真秀皇国のことで少し憂えることがあって、それを皇帝陛下にお知らせしておきたいだけなのです」

「……では、そのお文をお見せくださいませ」

さっと手を差し出され、咲耶はあわてて文を背中に隠した。

「お話になりませんね」

瀧口は吐き捨てるように言い切り、咲耶に背を向けて、朝食を並べる江間と小間を急がせた。咲耶は寝室に戻り、迷ったあげく、衣装棚の奥に文を隠して居間に戻った。

お互いにそ知らぬ顔をして、朝食を済ませる。

食器が片付けられてひと息ついた頃、歴史学の博士がたくさんの史料を抱えて案内されてきた。博士はテーブルの上に史料を広げ、西海国も真秀皇国もまだ「国」として成立する以前の時代について講義を始めた。どこまでが神話でどこからが史実なのか、まだまだ検証の余地があると前置きしながらの講義は興味深いものだったが、咲耶は話に集中することができなかった。

(どうすれば、あの文を凰輝に届けることができるかしら……?)

頼れる者のいないこの国で、どうすれば……。

名案は何ひとつ浮かばないうちに、博士は講義を終えて出て行った。講義はまるで頭に入らなかったのに、咲耶はすっかり疲れてしまっていた。咲耶は立ち上がってバルコニーに出て、大きく息を吸う。ゆっくりと息を吐きながら見下ろす庭に、昨日の庭師の姿があった。

(サードさんも、いるかしら)

ただ無性に会いたかった。咲耶は寝室に戻って衣装棚から帽子を手に取り、部屋を出ようとした。

「咲耶姫さま、どちらへ？」

瀧口に見咎められた。

「久しぶりのお勉強で疲れたので、中庭を散歩してきます」

「小間」

瀧口に指名され、小間は急いで自分の帽子を持って咲耶のあとを追ってきた。

咲耶はさっさと階下への内階段を下り、中庭に出た。小間は、今日も咲耶より蝶が気になるようだ。咲耶は小路の先に庭師の姿を見つけ、歩み寄る。

「ごきげんよう」

声を掛けると、庭師は作業の手を止めて、慌ててその場に膝をついて頭を下げた。

「お仕事の邪魔をしてごめんなさい、どうぞ続けて」

咲耶はそう言って庭師の前を通り過ぎ……あたりを見回したがサードの姿はなかった。当然だ、昨日のような偶然が、そう毎日あるわけがない。

「何かぁお探しですかぁ？」

小間が、のんびりと尋ねた。

「……サードさんにね、お会いできないかと思ったの」

正直に言った咲耶の言葉に、小間はすぐさま、吹き出すように笑った。

「……？　何か、おかしなことを言った？」

「すみませぇん、でも……サードは番号持《ナンバーズ》ちでぇ、それは名前じゃないからぁ」

どうやら「さん」付けしたことを笑われたらしい。

「じゃ、サードの名前は？」

小間は笑いを引っ込め、きょとんと不思議そうな顔をする。

「そんなものぉありませんよぉ。ナンバーズはぁ存在しないモノですしぃ」

現実に、存在しないわけではない。おそらく「つくられた生命」を、そのように区別しているのだ。

(不要になれば「廃棄」されるモノだから……)

そう思い至り、背中が冷たくなった。

「サードならぁあっちの寮にぃいるかもしれません」

小間はそう言うと、スキップしながら中庭の小路を進んだ。バラ園を抜けて背の高い樹木が立ち並ぶ向こうに、煉瓦造りの建物が見える。独立した建物ではなく、城の厨房や日用品の倉庫に隣接したそれは、使用人たちの寮らしい。

白い大理石で覆われた貴人たちの住居と違い、素焼きの煉瓦が素朴で温かい。小間にとっては慣れた場所らしく、遠慮するようすもなくスキップのまま中に入る。広間の椅子でお茶を飲んでいた中年女性が、振り返った。

「おや、小間ちゃん、こんな時間に休憩かい？　江間ちゃんは一緒じゃ……」

言いかけて、咲耶に気づいて小声で叱る。

「だめだよ、小間ちゃん、お姫さまをこんなところにお連れしちゃ」

「だってぇサードにご用なんですってぇ」

女は驚いて咲耶を見、それからあわてて顔を伏せて窓の外を手で指し示した。窓から見えるのは薪《まき》を山積みにした納屋《なや》で、その前に、サードと小さな少年の姿があった。

「ありがとう！」

咲耶はそう言って、納屋に向かった。

近づくと、長い髪を背中で三つ編みにしたサードの姿がはっきり見えてくる。傍らの少年も、まるでサードをそのまま小さくしたような姿だ。こちらから見える横顔も、「そっくり」だ。

「……咲耶姫さま……」

気づいたサードが、顔を上げた。その顔を見たとたん、咲耶は肩の力が抜け安堵した。

「ごめんなさい、休憩中でした？」

「いいえ。私は決められた仕事もない身ですから。フォース、あちらに行っておいで」

「うん。またあとでね」

フォースと呼ばれた少年が、薪を削ってかたどった馬を手にして駆けて行った。

「弟さんですか？」

「彼はフォース……四番目と呼ばれています」

番号持ち《ナンバーズ》、つまり、江間が言うところの「複製」だ。国王ひとりにそんなに何人もの複製が必要だろうかという疑問が、顔に出たのだろう。サードが説明を加える。

「フォースが成人すれば、私は不要になります。宮廷医療研究チームは、特別な需要はなくとも十年から十五年に一度程度のペースで新しいナンバーズを作り出して、国王陛下のためにつねに若くて健康な肉体を確保しておきたいようです」

笑顔でさらりと言われ、咲耶はどんな顔をすればいいのかわからずうつむいた。

それを、サードは違った意味にとったらしい。

「なにか、心配事ですか？」

「いえ……そういうわけでは……」

「お役に立てるかどうかはわかりませんが、話すだけで気が楽になることがあるかもしれません。私は『存在しないモノ』ですから、お気軽に何でも話してくださってけっこうですよ」

出生がどうであれ、咲耶にとっては目の前の青年はひとりの人間だ。それでも彼は、己の存在が当然のごとくいずれ抹消される運命にあることを受け入れている。おおらかな優しさは、諦観の裏返しなのかもしれない。

顔を上げると、サードは穏やかに微笑んだまま咲耶が話すのを待っていた。そんなつもりでここまで来たわけではなかったが、その優しさに、つい甘えてしまう。

「……あのね、じつは……真秀皇国の皇帝に文を届けたくて、でも侍女頭の瀧口にダメだと言われて、困っているのです」

「文、ですか」

サードがわずかに小首をかしげた。

「西海国のことを密告しようとか、そういうわけじゃなくて、でも、真秀皇国にとっては重要なことで……急いで知らせたいの」

「……国政の外務機関を通して、公的に知らせることは可能ですが」

「できれば、内容を知られたくない……」

　さすがにサードも難しい顔で黙り込んでしまった。しばし考え、遠慮がちに言う。

「おそれながら、この国の王妃になられるお立場の咲耶姫さまが、内容を秘密にしてまで故国に知らせなければならないことがおありだとすれば、この西海国に不利益をもたらすことと疑わざるをえないのですが」

　サードの言うことはもっともだ。すべてを隠したままでは誰にも相談できない。咲耶は迷い、それから思い切って打ち明ける覚悟を決めた。

「わかったわ。……どうか、ここだけの話にしてほしいのだけど」

　咲耶は、自分が見た予知夢のこと、もしかしたら皇帝はその件を予知できていないかもしれないことを、かいつまんで説明した。そして、予知夢を見たときに香っていた桂花の季節が迫っていることも訴えた。

　うなずいて聞いてくれたサードが、少し不思議そうに尋ねる。

「お話はわかりました。でも、どうしてそれを才明陛下に打ち明けられないのです？」

「それは、真秀皇国では予知夢を見るのは皇帝だけだというのが前例だからです。皇帝だけが、夢の中で祖先である歴代の皇帝たちと話ができて、神獣のユニコーンに選ばれて予知夢を見るのです」

きっぱりと言う咲耶の顔を見つめながら、サードは少なからず驚いて言う。

「さすが、神託の伝統国ですね。それで、咲耶姫さまは、夢でご先祖と会話もできるのですか?」

「いいえ。私は、たまたま予知夢を見てしまうというだけなのです。ユニコーンもいないし、知りたい未来の夢を見ようとして見られるわけでもありません」

「なるほど、神託とはそういうものかもしれませんね」

「皇帝でもない私が予知夢を見ることは、国内でも秘密でした。それを他国で公にするのは……真秀皇国に不利益をもたらす行為になるかもしれません」

サードはしばらく思案したのち、困惑を隠さずに言う。

「……文の件は国王陛下にお願いするのが筋ですが、内容を明かさずに、許可していただけるかどうか……」

「そうよね。それに、私……陛下にはまだきちんと会っていただけてさえいなくて……」

「え……？」

驚かれて、急に恥ずかしい気持ちになった。肝心の才明王に王妃として認められていないと告白したようなものだ。

「ごめんなさい、無理な相談をして。ああ、私、そろそろ戻らないと。瀧口が気を揉んでいるかもしれないし」

咲耶はそう言って、来た路を引き返した。寮の広間でお菓子をつまんでいた小間が、あわててあとを追ってきた。

散歩から戻ると、部屋では苛立って眉間の皺を深くした瀧口のほかに、初めて見る小太りな紳士が待っていた。瀧口の紹介によれば、地理の博士らしい。

「申し訳ありません、お待たせしてしまったのですね」

「いえ、かまいませんよ。山も川も逃げませんから」

冗談なのか嫌味なのかわからないまま、咲耶は受け流して席に着いた。

すぐに始まった講義で、咲耶は初めて西海国の地図を見た。東西に長い西海国は、中央にそびえる山脈で南北に二分されている。王都は山脈の南側で、中央よりやや東寄りに位置している。

「山脈の南は交通の要所で、港も街道もあり、商業で栄えています。北側は畜産業や農林業で国を支えております。まあ、詳しい産業は後日に説明するとして、今日は主な町の名前などをお教えいたしましょう」

地図を使っての説明は面白く、咲耶が実際に通った国境から王都までの街道沿いの町の名前を知ることができるのも興味深かった。しばし文のことも忘れ、時間はあっというまに過ぎて、教授は「また後日」と挨拶して出て行った。

「お勉強は、刺繍よりお好きなようですね」

瀧口が、薄く笑いながらお茶を出してくれた。

「刺繍も、嫌いなわけではないのよ。ただ、まだ下手だから……」

「何ごとも、繰り返さねば上達いたしませんから」

瀧口は冷たくそう返したあと、いくぶん口調を和らげて言う。

「陛下が、今宵は夕食をご一緒にと仰せですよ」

「ええっ、才明陛下が……？」

「お急ぎの案件が、ひとつ片付いたのだそうです」

やっと対面が叶う。春陽宮でともに過ごした才明とは別人だとわかっているが、それでも夫となる人だと思えば、会えることが嬉しかった。

（もしかして、サードが取りはからってくれたのかしら……）

それはわからないし、瀧口に尋ねるようなことでもないだろう。

国王との晩餐にふさわしい衣を選び、髪をきれいに編んでもらい、咲耶は準備万端整えた。どうしようか迷った挙句、凰輝への文をそっと懐にしのばせる。

一人きりの食事のときは自分の部屋で済ませていた咲耶だが、国王には専用の「食事の間」があり、そこへ案内された。軽く二十人は同時に食事ができそうな長いテーブルの一番奥に、才明が座っていた。給仕がその反対側の端の椅子を咲耶のために引く。お互い正面から向き合う位置だが、この距離では話もできそうにない。

「あの……陛下のおそばの席に着いてはいけませんか？」

向こうに座る才明に問いかけると、わずかな間のあと、「好きにしろ」とお許しが出た。

咲耶は才明の右前方に座った。才明はといえば咲耶に関心などないのか、こちらに一瞥《いちべつ》もくれない。声も顔もサードそっくりなのに、ほとんど表情がない。

会話もないまま、食事が順次運ばれてくる。才明が黙って食べ始めたので、咲耶は「いただきます」とだけ言って食事を始めた。何か話したいのだが、話し出すタイミングが摑めないし、何から話せばいいのかもわからない。

才明は食事を楽しむ気などないらしく、機械的に料理を口に運んでいく。そして、何の話もしないうちに、食後のお茶となった。

咲耶は焦った。自分から何か言わなければ。

「今日はお食事をご一緒してくださって、ありがとうございます」

「……時間が空いただけだ」

「もしかして、サードが、陛下に何か……」

才明が、やっと咲耶を見た。

「……サードに、会ったのか?」

「ええ。あの、お庭で……」

「ナンバーズは存在しないモノだ。見かけても、言葉を交わす必要はない」

「でも……真秀皇国まで来てくださった方ですし」

「国王はこの私、一人だ」

才明は声を荒らげたわけではなかったが、変わらぬ冷たい口調に気圧《けお》されて、咲耶はそれ以上、言葉を返すことができなかった。そして、才明もそれきり何も言わずに、さっさと席を立って出て行った。

結局、文の件を切り出す間もないまま、初めての会食は終わってしまった。次はいつになるのか、次があるかどうかさえ怪しいのに。

咲耶は深い嘆息を漏らし、自室に戻った。


寝床に就いても、咲耶は寝付けなかった。

(どうやって、洪水のことを凰輝に知らせよう)

いくら思い悩んでも、答えが見えてこない。

その時コツコツ、と音がした。

枕から顔を上げる。寝室には小さな照明が灯されたきりだったが、慣れた目には室内が見渡せる。

ふたたび、コツコツと音がした。居間に通じる扉とは反対の方向からだ。

(何の音……?)

壁に掛けられた花の絵の額が、わずかに傾いた。落ちるのかと思ったがそうではなく……壁が、扉のように内側に開いた。

「…………!」

悲鳴をあげそうになり、けれど驚きのあまり声が出なかった。続いて現れた人物に、咲耶はさらに驚いた。

「オ……サード!?」

どうしてここに？　この隠し扉は何？　どこに通じているの？　訊きたいことが多すぎて、言葉にならない。

サードは自分の唇の前に指を立てて見せた。声を出さないでという意味だろう。そっと部屋に滑り込むと、臣下の礼を取るようにひざまずき、小声で言う。

「かような通路から失礼いたします」

「これは……こんな出入り口があるなんて……」

「これは城内でもごく一部の者しか知らない秘密の通路です。万が一、城が敵の手に落ちたときの脱出用だと思っていただければ」

物騒な話だが、そもそもこの政略結婚も西海国が他国との戦に備えて真秀皇国との絆を深めることが目的なのだ。咲耶は黙ってうなずいた。

「昼間伺ったお話のことを考えていたのですが、もしお急ぎなら、その文を私が真秀皇国にお届けしましょうか」

「え……？」

思いもよらない申し出に、咲耶はただ目を見開いた。そんなことが可能なのだろうか。

「私は比較的自由の利く身ですし、真秀皇国の帝都も少しは見知っております」

頼る者もない咲耶にとっては願ってもない申し出だ。その言葉に甘えてしまおうと考え……いや、それでは不十分だと思い至る。

「では、私もお連れください」

「え……？」

今度はサードが目を丸くした。咲耶が言う。

「公式の使者ではない者が届けた文では、おそらく皇帝陛下の手には渡りません。だとしたら、私自身が届けなければ……いいえ、民の生命に関わることですもの、私が直に皇帝陛下に申し上げなければ」

「しかし、それは」

「才明さまのご不興は覚悟の上です。お願いです。用件を伝えたら、すぐここに戻ります。そのあとは……罰せられるかもしれませんが、才明さまが許してくだされば、良い王妃になれるようどんな努力もします。だから……」

己にそれほどの覚悟があるのかと、言いながら咲耶自身が驚いた。だが、そもそも咲耶は真秀皇国のために政略結婚に応じたのだ。ここで故国の危機を見過ごすことなどできない。

サードは咲耶をじっと見つめ、それから苦笑らしき笑みを浮かべる。

「ただの、世間知らずの深窓の姫君ではないと？」

「……そんなふうに思っていらしたのですか」

不満げな咲耶に、サードが声を殺して笑った。眉を上げ、むしろすっきりした顔で咲耶を急《せ》かす。

「本気でおっしゃっているのなら、今すぐお支度を」

「わかったわ、ちょっと待っていて！」

咲耶は寝台の傍らの机に紙を置き、筆を取った。逃げ出したと思われたくないので、用事が済んだら必ず戻ると書き置きするつもりだったのだ。だが、その手をサードが素早く押しとどめた。

「真秀皇国に戻ると書けば、追ってくださいと言っているも同然です！　すぐにお着替えください！　夜着のまま旅をするおつもりですか」

「すぐ支度を……」

咲耶は決心し、衣装棚から衣を取り出そうとした際、いつのまにか居間側の扉が薄く開いていることに気づき、ハッと身を硬くした。扉の隙間からこちらを覗いていた目と、視線が合う。

「…………！」

覗いていたのは、小間だった。サードも慌てたようだが、いまさら隠れることもできずに棒立ちになる。

「小間……あの、これは……」

言い訳も思いつかずにしどろもどろな咲耶に、小間は胸の前で両手の指を組み、うっとりとつぶやく。

「禁断のぉ恋ですね！」

咲耶はその突拍子もない誤解を解くべきか利用すべきかとっさに天秤にかけた。

小間がさらに前のめりになる。

「カケオチなさるのですかぁ？」

「頼む、小間、見逃してくれ」

先に乗ったのはサードだ。小間は大きくうなずくと、

「カケオチの先はぁ北嶺の山里と相場は決まっていますものねぇ。お寒いですからぁお召し物はぁちゃんとお持ちにならないとぉ」

そう言いながら咲耶の肩布を広げ、そこに次々と衣を重ねて荷造りを始めた。その間、サードが背を向けてくれたので、咲耶は急いで動きやすそうな衣に着替え

た。

「ご安心をぉ。小間はぁ朝まで何も気づかなかったことにしますぅ」

瀧口や姉の江間に叱られても恋路の邪魔はさせない、そんな健気な決意が少女の瞳をキラキラと輝かせていた。

「ありがとう、小間、元気でね。もう居間に戻って」

「お幸せにぃ」

小間が寝室を出て行くと、サードは肩布に包まれた荷物を斜め掛けに背負い、壁の隠し扉を開いて咲耶を招いた。思わぬ急展開に動転しながらも、咲耶は例の文を懐に入れてあとに続いた。

小間のことが少し心配だった。見逃したことが瀧口に知れ、酷い体罰を受けることがないといいが。

石造りの狭くて暗い通路を、サードが手にした小さな灯りだけを頼りに進む。分岐点の多い曲がりくねった通路は、やがて緩やかな下り坂になった。その先、行き止まりかと思えた壁の横に、石段が隠れていた。サードは灯りを消して石段を登った。頭上の草木を払いのけると、月明かりとともに外の空気が流れ込んできた。

外に出たサードが手を貸してくれて、咲耶もやっと秘密の通路から外に出た。

「書き置きなどなくても、あなたがいなくなれば真秀皇国へ通じる東の街道には追っ手がかかるでしょうが、小間のおかげで追っ手の半分は北の山狩りに向かうかもしれない」

サードはにやりとしたが、追っ手がかかることに違いはない。

「私の足では、すぐに追いつかれてしまう……」

「ええ。追っ手は馬を使うでしょうしね。なので、海路を使います。ただ、海の男たちは気が荒いので、失礼ながら咲耶姫さまには私の弟に成りすましていただきます」

そう言うと、サードは咲耶の長い黒髪を解いて頭上に結い直した。どうやらそれが身分の低い童子の髪型らしい。服装は動きやすい括り袴と西海国の細身の上衣なので、そのままでも小柄な男として通用しそうだ。サード自身も三つ編みを解き、後ろでゆったりとひとつに束ねた。

そして、街道から逸れて港へと向かう。

刺繍も美しかった布の沓は、いつのまにか埃を被って色もわからないほど汚れていた。底が薄いので、舗装されていない道を歩くと足の裏が痛い。

「……沓の底が破れてしまいましたか？」

「いいえ、まだ大丈夫よ、サード」

「兄という設定ですから、私のことは兄さんと呼んでください。咲耶姫さまのことは、サクとでも呼ばせていただきます。弟なので多少手荒に扱うこともあるかと思いますが、どうぞご容赦を」

咲耶は口を引き結んでうなずいた。

「では、サク、急ぎますよ」

そう言って歩き始めたすぐ先には崖のような高低差があり、下に降りるには迂回する長い路があったのだが、サードは咲耶を荷物のように肩に担ぐと説明もなしに段差を跳び下りた。そして、驚いて声もない咲耶の手を掴むと、歩幅の差を無視して先を急ぐ。多少どころではなく手荒に扱われている気がしたが、咲耶は黙って従った。

夜が明けるころ、ふたりは港に着いた。

初めて見る港は、まだ薄暗いうちから船の荷を積み下ろす男たちで驚くほど活気に満ちていた。確認の掛け声や商談の声、そして打ち寄せる波の音。異臭交じりの、潮の匂い。

(これが港、これが海……)

海に浮かぶ船の多くは小船で、近くの港や島に荷を運ぶもののようだが、中には咲耶が想像していたよりはるかに大きい船も何艘《なんそう》かある。咲耶は夢心地で港の光景に眼を奪われていた。

一方、サードは忙しくあたりを見回し、東へ向かう船を探していた。舫《もや》い綱で係留された船のひとつに歩み寄り、上衣の前をはだけた逞しい男に何か問いかけているようだ。

「行くぞ、サク！　あの船が真秀皇国に向かうようだ」

戻ってきたサードに手を引かれて向かった先に停泊するのは、大小六艘ほどの船団だった。船の大きさも形もバラバラだが、帆に揃いの紋章が入っている。咲耶はその紋章に見覚えがある気がしたが、それをどこで見たかは思い出せなかった。すでに荷の積み下ろしは終わっているらしく、船は舫い綱を解いて、今にも出航しそうだ。船団の中でもいちばん大きな船の甲板に向かって、サードが声を張り上げる。

「もぅし、東へ向かう船だろうか。我ら兄弟を乗せて行ってはくれぬだろうか」

「あぁ？　なんだ、おまえ」

腰に布を巻いて粗末な上衣を羽織っただけの、ほぼ裸の大男が応じた。

「ただでとは言わぬ、船賃は手持ちの品で支払う。船長に取り次いでくれ」

言いながら、サードは小間がまとめてくれた荷の中から華やかな衣を一枚取り出した。咲耶のために用意されていた衣だ、市井の者など目にすることもない高級品だった。甲板から見ていた男たちが、ヒューッと口笛を鳴らした。

「おい、ガキがふたり、船に乗せろとさ」

「きれいな衣がお代だとさ、若頭に聞いてこいよ」

男たちの言い合う声が聞こえた。

まもなく、甲板からヒョイと別の顔が覗いた。日に焼けた、精悍《せいかん》な若者だ。胸元は大きくはだけているが、他の男たちとは明らかに違う洒落《しやれ》た衣をまとっている。若者は梯子《はしご》も使わずにひらりと跳んで地面に降り立つと、サードと咲耶を値踏みするようにジロジロ見る。

「船に乗りてぇってのは、おまえらか？　どっちも女みてぇな面構えだな」

咲耶は言うまでもなく、日に焼けた逞しい海の男たちに比べればサードでさえ華奢に見えた。

と、何の前触れもなく、若者が咲耶の股間に手を伸ばした。

「……！」

突然のことに、咲耶は息を止め、悲鳴を上げることさえもできなかった。さすがのサードも虚を突かれ、反応が遅れた。咲耶を護ろうと前に出たところで、若者は、今度は素早くサードの股間に手を伸ばし、すぐ跳び退《の》いて言う。

「男ひとりと、女ひとりだ」

「………」

咲耶に続きサードまで、声もなくワナワナと震えた。咲耶から見れば頼もしかったサードでも、王城生まれのお上品な育ちなのだ。海の男の予想外の行動に、初端《しょっぱな》から心を折られてしまったらしく、青褪めて声もない。若者はといえばサードの反応など知ったことではないらしい。

「衣は、ひとり一枚だ。ふたりならもう一枚出しな」

「……ごうつくばりめ……」

サードは低く唸り、しぶしぶ二枚目の衣を差し出した。若者はさっさと衣二枚を片手に抱えて、器用に縄梯子を上りながら振り向く。

「おい、早く来ないと置いて行くぞ」

サードはキッと若者を睨みつけ、だが腹を括り、咲耶を促して先に縄梯子を上らせた。

咲耶は縄梯子など初めてで、怖くて足がすくみそうだったが、

「大丈夫、足を滑らせても私が受け止めます」

サードがそう言ってすぐあとに続いてくれたので、両手でしっかり縄梯子を摑んで一歩一歩上った。

「出航だ！」

「宜候《ようそろう》！」

咲耶とサードがまだ縄梯子を上りきらないうちに、船団は動き出した。

驚いた咲耶は手を滑らせて冷やりとしたが、サードが押し上げてくれてなんとか甲板に這い上がった。続いてサードも、揺れる縄梯子に難儀しながらも無事に上りきった。

船の上には所狭しと荷が積まれ、男たちが忙しく動き回っていた。風の向きを確かめて帆の角度を変える者、船尾の櫓《ろ》を漕ぐ者、波しぶきで濡れた床が滑らないよう拭き掃除をする者……それぞれの役割を手際よくこなしてゆく。

「おい、邪魔だ！」

揺れる船上で転がってしまった咲耶に、荒くれた男が怒鳴った。

「すみません」

「……なんだ、密航か？」

明らかに場違いな服装の咲耶に、男が凶悪そうに片眉を上げた。サードが咲耶の前に出て言う。

「弟が失礼した。我々は、この船の頭に頼んで乗せてもらった者だ」

男は訝しげにサードと咲耶を交互にジロジロと眺め、それから「若頭ぁ、ついに人買いも始めたかぁ」と鼻で笑って立ち去った。

男が遠ざかるのを待って、咲耶は言う。

「弟って……さっきの人に、女だと知られているのに……」

「船員たちに紹介されたわけではありませんからね。あんな男たちに女と知れたら、何をされるかわかったものじゃありませんよ」

言いながら、サードは咲耶を連れて目立たないよう積荷のあいだに身をひそめた。咲耶はそれに従ったものの、皆が働いているのにと思うと落ち着かない。

「何か、私でもできる仕事はないかしら」

「ありません」

きっぱり言い切られ、咲耶はかえって釈然とせず言い返す。

「私だって、教えていただければ掃除でもなんでもします」

「そういう問題ではなくて……いいですか、この船の連中は一応商人ですが、ことがあれば海賊に早変わりする荒くれ者どもです。さっきの言葉を聞いたでしょう。油断すれば、私たちも人買いに売られてしまうかもしれないのですよ」

口を尖らせた咲耶の頭上から、

「さすが、てめぇの立場をわきまえてるじゃねぇか」

若くひねた声が、降ってきた。見上げれば、積荷の上から、先刻の若者がふたりを見下ろしていた。

「…………」

サードが無言のまま若者を睨みあげる。

「そう睨むなよ、別嬪《べっぴん》の兄さん。こちとら親切心で船に乗せてやったんだ。見たところ良いトコのお育ちらしいが、正規のルートも使わず海を渡るってことは、何か疚《やま》しいことがあるんだろう？　まさか、そっちのガキと駆け落ちってわけじゃないだろうが」

「……船賃は払った、事情を説明する義理はない」

「口の利き方には気をつけたほうがいい。夜になれば海は真っ暗だ、誤って足を滑らせて海に落ちても、誰も助けちゃくれないからな」

暗に「突き落とすぞ」と脅し、若者が口の端で意味ありげに笑った。顔は日に焼けて浅黒く、ひとつに束ねた髪は潮風にごわついて乱れている。むき出しの手足は筋肉質ながらもまだ細い。口が達者でおとなびて見えるが、おそらく年齢は咲耶と同じくらいだろう。

サードが言う。

「海賊にしては、言葉に訛《なまり》がありませんね。帝都の生まれか……」

正解だったのか、若者は口をへの字に引き結び、積荷を蹴って跳び下りた。サードのすぐ前に着地すると、衿首を摑みあげて獰猛《どうもう》に唸る。

「気に入らねぇな。てめぇの素性も明かさずに、こっちを詮索するんじゃねぇよ」

「海賊だから、詮索されては困るのですね」

「困りゃしねーよ。知られたくなけりゃ、殺《や》っちまえばいいだけだ」

不敵に言い放つさまは自信に満ちて、まるで王侯貴族のようだ。いや、こんな下品な王侯貴族がいるとは思わないが、この若さで「若頭」と呼ばれて船団を率いているのだから只者《ただもの》ではないだろう、そう思い、咲耶は若者をじっと見つめてしまった。気づいた若者と視線が合い、あわてて下を向く。若者はその頤《おとがい》を捕らえ、上を向かせた。

「……あんた、ツラは悪かねぇんだよな。あと三年か五年もして尻も胸もデカくなりゃ、上玉なんだが……惜しいな」

サードがその手を払いのけ、鼻で笑う。

「無礼ですね、青二才。残念ながら、三年後だろうと五年後だろうと、ご期待に添えるとは思えませんよ」

そんなやり取りを咲耶は赤面しながら聞いていることしかできなかった。

そこへ、「若頭はどこだ？」と尋ねる切羽詰まった叫びが聞こえてきた。若者が積荷に足を掛けて応じる。

「おぅ、どうした？」

「若頭、大変だ！　西海国の海上警備艇が向かってきてやがる」

「なんだって！」

若者はハッとしたようすで振り返り、険しい顔でサードと咲耶を睨んだ。

「貴様らか……」

追っ手だ。ここで引き渡されてしまうのだろうか。咲耶は体を強張らせながら固《かた》唾《ず》を呑んだ。

だが、若者はすぐに部下のほうに顔を戻して命じる。

「小船はそのまま沿岸を行かせろ。俺たちは沖に離脱だ、急げ」

「へい！」

命じられた男が駆けて行く。若者も荷を跳び越えて後に続いた。

「……助けてくれるのかしら……？」

まだ不安の消えない咲耶に、サードが言う。

「我々のためじゃない。おそらく積荷の中には盗品や禁制の品があって、それが見つかるとまずいことになるから逃げようとしているだけです」

理由はどうであれ、結果的に追っ手から逃がしてくれればよい。だが、サードはそこまで楽観的ではない。

「警備艇の目的が我々の捜索なら、いざとなれば引き渡されるか、海に投げ落とされる可能性もあります。場所を変えて隠れましょう」

手を引かれ、咲耶は積荷の間から出た。甲板では男たちが船の向きを変えるために忙しく立ち働いていた。サードは積荷に沿って移動した。

大小さまざまな積荷の隙間は迷路のようで、窮屈なことを我慢すれば隠れる場所には不自由しない。奥には、小柄な咲耶が体を伸ばして休めるほどの空間もあった。

「若頭、潮に流される！」

「北東からの寒流だ。警備艇のやつらが諦めるまで我慢しろ！」

「もっと漕げ！」

「帆を絞れ！」

男たちの怒号が聞こえる。

船が大きく揺れる。咲耶は積荷が崩れてくるのではないかと不安になったが、さすがに手馴れた海の男たちが積んだ荷はビクともしないようだ。

「怖いのですか？」

サードが尋ねた。

「……いいえ」

「でも、顔が真っ青です」

少し、吐き気がする。胃が何かに押し上げられているようで、気持ちが悪い。

「船酔いですね。昨夜もほとんど寝ていないでしょう。そばにいますから、仰向けになって、少しお寝みなさい」

船の揺れは馬車の比ではない。咲耶のそばに腰をおろしたサードも、心なしか顔色が悪いようだ。

不規則に揺れる船、男たちの喧騒、自身の船酔いで息をするのも苦しくて、とても眠れそうにない。それでも、仰向けで深い呼吸を繰り返すうちに酔いは軽減し、咲耶は少しだけまどろむことができた。

あたりが薄暗くなった頃、サードはそっとそばを離れた。しばらくして戻ってきたときには、四角い折敷《おしき》を手にしていた。

「お口に合わないかもしれませんが、食べられるようなら、少しお食べなさい」

どうやら船内で食べ物を調達してきたらしい。折敷には握り飯らしきものや、わずかな野菜と生魚にしか見えない切り身が載っていた。魚を生で食べたことなどなかったが、咲耶はおそるおそる口に入れてみた。少し生臭いが……塩味が利いて、不思議な甘みと旨みが口に広がった。

「新鮮な魚ならではの食べ方ですよ。釣り上げた魚をその場で捌《さば》いて、海水で洗ったものです」

サードが釣ったとは思えない。

「分けていただいたのですか？」

咲耶の問いに、サードは笑っただけで答えなかった。

充分とは言えない量の食事をふたりで分け、器に入れた水も交互に飲んだ。ほぼ一日ぶりの食事だったが、船酔いの余韻もあり、それで充分だった。

日が落ちると、気温は急に下がり始めた。海は陸地ほど昼夜の気温差はないと聞いていたのだが、寒流の影響なのだろうか。積荷のおかげで風は遮られているものの、沁みるような寒さに咲耶は肩を震わせた。心細かった。

サードが、手荷物を開いて肩布を広げた。咲耶に着せ掛けてくれるのかと思いきや、自分で羽織って、積荷を背にして座り込んでしまう。

「あ…………」

そして、棒立ちの咲耶を見上げて、両手を広げる。

「おいでなさい」

「え……？」

サードが胡坐《あぐら》をかいた自分の膝をトントンと叩くのは、そこに座れという意味なのだろうか。ためらいながら近寄ると、腕をつかまれ引き寄せられた。小柄な咲耶は、幼子が抱っこされるようにサードの胡坐の間に座り込み、胸に抱き寄せられた。サードの長い腕と肩布に、すっぽり包まれる。咲耶は頬を赤らめて身を硬くした。

「寄りかかって、眠ってしまいなさい」

「でも……重いでしょう？」

それより恥ずかしいのだ。

「いいえ。ふくよかな姫ならいざしらず、あなたさまは子供のような軽さです」

耳の後ろから、明るい笑い声が聞こえた。

「…………」

「どうぞ体をあずけてください」

咲耶は力を抜いておそるおそるサードの胸に寄りかかった。暖かくて、ホッとする。両親に抱かれた記憶のない咲耶は、自分の髪や肌などに触れられるのが苦手だった。けれど今は、暖かい、ただそれだけなのに、心地好くて安心できる……。


目が覚めたとき、傍らにサードの姿はなく、咲耶は肩布にくるまっていた。

積荷の間から見上げる空は白み始めていて、日の出はまだだが夜明けは近い。船が波を切る音が、耳に心地好い。昨夜より、船の揺れが小刻みに感じられた。

「ああ、起きていましたか」

積荷の隙間をくぐって、サードが戻ってきた。

「おはようございます」

「おはようございます。この船は、もうじき近くの港に入って荷を降ろすようです」

一旦は沖に出た船だが、無事に航路を戻して次の港に向かっていたらしい。そっと甲板に出てみると、昨日の小船も見える。向かう先に、陸地が広がっていた。

「真秀皇国の港です。馬車ならば三日もかかる道のりですが、うまく潮流と風に乗れば速いものですね」

さすがは海の男たちだと感心したように、サードが言った。

日が昇ると、サードは荷物をまとめて帆柱の陰に身をひそめ、咲耶に言う。

「着岸したら、隙を見て降りますよ」

「はい。あ、あの人に挨拶をしないと……」

咲耶が名前も知らない若頭を思い浮かべて言うと、察したサードが苦笑する。

「乗船の対価は払いました。お互い、厄介なことになる前に知らん顔で別れたほうがいい場合もあるのです」

咲耶はそういう人間関係もあるのかと少し驚いたが、サードに従い、荷を積み下ろすドサクサに紛れて船を降りた。

ふたりはその足で朝市の人ごみに紛れた。

一昼夜以上、船に揺られて、咲耶は歩いていても地面が揺れているようで気持ち悪かった。口には出さないがサードも同様であったらしく、古着を売る露天を見つけると、客用に出されている椅子代わりの台に咲耶を座らせ、自らもその傍らにしゃがみ込んだ。

「お客さん、西海国の旅のお人ですかい？」

国境に近く西海国の装束を見慣れている商人が、気さくに声をかけてきた。サードが慣れたふうに応じる。

「ああ。これから帝都に向かうので、旅をしやすい衣を買いたいのだが」

「そうですねぇ、その格好じゃ、いかにも異国から来たばかりですと言ってるようなものだ。街道の悪いやつらに目を付けられちゃ大変だ」

言いながら、商人は行李《こうり》からさまざまな衣を出して並べて見せた。サードはその中から地味ながらも仕立ての良さそうな上衣を選んで、商人に訊く。

「これは、身分に関係なく着られる物か？」

「へぇ、もともとは真秀皇国の無位の官人が着用する褐衣《かちえ》ですが、主人が使用人に与えたり、それが街で売られたりしてましてね。ここらへんの漁師や農民は着ませんが、まあ、そこそこに裕福な町人は着ていますよ。そちらの坊ちゃんには、この

「水干《すいかん》なんか似合いそうですねぇ」

サードはうなずいて、褐衣と水干を買うことにした。咲耶の底の薄い布の沓はもう役に立たなかったので、藁と麻で編まれた沓も一緒に買った。西海国の二重織物に刺繍をほどこした衣は珍しい上に高価なものだったので、一枚でふたり分の装束を賄えたうえに、わずかではあるがお釣りと称して街道で使える貨幣に替えてもらえた。

咲耶はあらためて、船の若頭が吹っかけた船賃は法外だったのだと理解した。

「ああ、それから、この先の小浜郷《こはまごう》のあたりは街道から外れずに急いで通り抜けたほうがいい」

着替えて出かけようとした二人を呼びとめ、商人が言った。

「何かあるのですか？」

「この二年ばかし旱魃《かんばつ》が続いて、帝都の役人は何もしてくれなかったくせに年貢だけは厳しく取り立てたものだから、農民たちが武装して集まってるって話だ。集団で皇帝陛下に直訴するつもりなのか、山賊にでもなっちまうつもりなのか、そこんところははっきりしないんですがねぇ」

「それは……」

驚いた咲耶はもっと話を聞こうと口を開いたのだが、サードは腕を掴んで無言で引きとめ、商人に向かって軽い口調で言う。

「ありがとう、気をつけるよ！」

第三章　帝都の災厄

街道沿いには「駅」と呼ばれる、馬を賃貸《ちんが》しする公的施設がある。サードと咲耶は駅で馬を借り、乗り継いで帝都に向かった。

途中、例の小浜郷も通った。そこは咲耶が西海国に向かうときも見た無人の集落で、街道からは荒れ果てた農地が見えるばかり、武装した農民たちに出会うことはなかった。かつては小さな宿場であったと思われる街も、すっかりさびれている。今にも倒壊しそうな建物の前で、埃まみれの子供が自分の前に欠けた器を置いたまま座り込んでいた。物乞いのようだが、旅人に声を掛ける元気もないようだ。

「ねえ、止まって」

咲耶が、サードの背中に向かって言った。

「いちいち施《ほどこ》しをしていたら、帝都に着けませんよ」

サードはそう言って通り過ぎようとした。一度はうなずいた咲耶だが、子供が首に掛けている布が気になって振り返った。色褪せてはいるが、おそらく紫色の、真秀皇国の民が神に祈りを捧げるときにまとう布だ。顔を上げた子供の虚ろな瞳に、咲耶は後ろ髪を引かれてしまう。駆ける馬からするりと跳び下りた……つもりだったが、うまく着地できずに地面に転がってしまった。

「咲……サク！」

振り向いたサードが慌てて馬を降り、駆け寄ってくる。

「こんなところで落馬するなんて、気をつけてください！」

肩をすぼめながら咲耶は子供の傍にしゃがみ、竹筒の水入れを子供の口元に当てた。はじめは無反応だった子供だが、唇に触れた水をひと舐めし、それから竹筒に手を添えて三口ほど飲んだ。咲耶を見上げた瞳が、焦点を結んでいた。

咲耶が、そっと問いかける。

「坊や、ひとりなの？　ご両親は？」

「………」

子供は黙って首を横に振った。まとっている衣は泥まみれだが、けっしてボロ布ではなかった。少し前までは家があり、世話してくれるおとながいたのだろう。おとなたちは亡くなってしまったのか、あるいは武装して帝都へ向かっているのか。

「……神さまは、僕たちを見捨てたの？」

子供が、消え入りそうな声で言った。

「え……？」

「父ちゃんが言ってた……だから日照りになっても、どうすることもできなかったんだって……神さまはもう、僕たちを助けてくれないんだって」

「そんなことはないわ。神さまは、いつだって私たちを見守ってくれているの」

「それなら、どうして……僕が悪い子だから？　母ちゃんの言いつけを守らないで遊んでいたから、それで神さまが怒っちゃったの？」

取り残された子供は、かつて親が躾《しつけ》のつもりで言ったのであろうひと言を思い返し、自分を責めていたのだろうか。災害に見舞われなければ、そんなふうに思うこともなかったであろうに。

「真秀皇国の神さまは、怒ったりしないよ。きみのことも助けたいはずなんだけど、世の中にはもっと大変な人たちもいて、先にその人たちを助けているから……きっと、きみに申し訳ないと思っているよ」

サードの説明に、子供は「本当に？」と尋ねるように首を傾げた。唇が、今にも泣き出しそうに震えている。

咲耶はサードに小声で言う。

「ねえ、ここに置いて行ったら、死んでしまうわ」

「……そうですね。もし親が生きているとしても、すぐには戻ってこないでしょう」

あたりを見回し、サードも同意した。口減らしのために置き去りにされたのか、何らかの事情で親とはぐれるなり死別なりしてしまったのか。近隣に、この子供を保護してくれる家はなさそうだ。

「お兄さんはサードっていうんだ。きみの名前は？」

「……茂吉《もきち》」

実りを寿《ことほ》ぐ良い名だ。

サードは茂吉と咲耶を馬に乗せ、街道を歩き出した。

日が暮れる頃、ようやく人の気配のする農村に着いた。大きな門を構えた家を訪ね、事情を話して子供を預かってもらえまいかと尋ねると、同じ小浜郷の片瀬村の長だという家の主は隣村の旱魃のことも承知していて、他人事《ひとごと》ではないと溜息をついた。この村も旱魃の被害に遭ったが、作物が枯れる直前に恵みの雨があり、わずかながらも収穫があったのだという。村長は、村の子供たち同様に働かせても良いのであればと茂吉を預かってくれた。

その晩はサードと咲耶もその家の納屋に泊めてもらい、翌朝早く、帝都に向かって出発した。

そうして多少の道草はくったものの、それから二日後の朝、ふたりは帝都に到着した。

帝都の表玄関とも呼ばれる南白虎門《みなみびゃっこもん》は、馬上から見上げても首が痛くなるほどの大きな門だ。この門を出て西海国に向かったとき振り返らなかった咲耶は、門を外側から見るのは初めてで、圧倒されてしまう。門前には武装した役人がいて、いかにも大挙して押しかけましたという体《てい》の農民たちを足止めして、鍬《くわ》や鎌などの武器を没収していた。その一方で、行商の者たちや近隣の農民などは慣れたようすで往来している。郊外に別邸を持つ貴族たちが牛車や馬で通ることも少なくないようだ。サードと咲耶も、旅人として簡単な質問を受けただけで通行を許された。

門を通るさい、サードは役人のひとりに「小浜郷からも、農民たちが来ていますかね」とさりげなく尋ねると、役人は首をかしげながらも、今足止めされているのは東の山村の者たちだと教えてくれた。茂吉の親は、ここにはいないようだ。災害に苦しめられているのは、西の小浜郷だけではないのだ。

南白虎門から南北に伸びる大路のはるか向こうにかすかに見えるのが、大内裏の朱雀門だ。その背後には、帝都を護る北玄武《きたげんぶ》連山がそびえている。

（帰ってきたのだわ……）

咲耶の背筋がスッと伸びた。お付の女官たちや警護の者たちとともにこの門を出たのは、十五日ほど前のことだった。あの時は、こんな形で戻ることになるとは思いもしなかった。

大路を行き交う人々は、おおむね穏やかに見える。まだ恐ろしい洪水には見舞われていないのだ。間に合ったのだと、咲耶は安堵した。

だが、災厄の日が迫っているのは確かだ、皇帝凰輝に伝えるまでは気を緩めてはいけない。咲耶は毅然として前を向いた。

「このまま、内裏に向かいますよ？」

サードの確認に、こくりと深くうなずいた。

大路をまっすぐ北上し、大内裏の門前で、サードと咲耶は馬を降りた。

「ここで、待っていてください」

咲耶はサードにそう言いおき、南正面の朱雀門を護る衛兵に言う。

「私は皇帝陛下の従姉、宰相宮の娘、咲耶です。大切なお話のため西海国から戻って参りました。至急、皇帝陛下にお取り次ぎを」

衛兵たちは咲耶を上から下まで眺め、眉をひそめた。彼らの目には、卑しい水干姿の童子がわけのわからないことを言っているようにしか見えなかったのだ。

「ここは、おまえのような小童《こわっぱ》の来るところではない、帰れ、帰れ」

「急ぎ駆けつけたゆえ、このようななりをしておりますが、顔を知る者ならば本物の咲耶とわかるはず。どうか、宰相宮か汀子女官長にご確認を」

「宰相宮さまも女官長さまも、高貴でお忙しいお方なのだ。このような場所にはおいでになられぬ」

「急を要する用件なのです。そこを曲げて……」

「くどいぞ！　皇族を詐称するのは大罪だ、子供だからと大目に見てやっているうちに去れ！」

まるで相手にしてもらえない。

「では、せめてこの文を皇帝陛下に……」

咲耶は懐から文を取り出した。大切に持ってきた物だが、旅の間に大分くたびれてみすぼらしく変わり果てていた。それでも、元が上質な紙であったことは一目瞭然だ。

衛兵たちは顔を見合わせ、ひとりが気が進まないようすで受け取って言う。

「上の者に渡すが、おそらく皇帝陛下には届くまい」

「どうぞ、お口添えを。多くの人命に関わる大事なことなのです」

「わかった、わかった、もう帰れ」

追い払われ、それでも縋《すが》りつこうとした咲耶を、サードが後ろから引き戻す。

「咲耶姫さま、ここは出直して別の手段を考えましょう」

「でも……」

「空を御覧なさい、いまは怪しい雲ひとつ見えません。今日明日は大丈夫、出直す時間はあります」

災厄は洪水だとわかっているのだ。空が曇る前に対処できれば、なんとかなるはずだ。

咲耶は聞き入れ、馬の背に乗せられて、それでも何度も振り返りながら大内裏の門を離れた。馬を引いて大路を歩きながら、サードが尋ねる。

「それで、どこにお帰りになりますか？　あの春陽宮へ？」

「あの離宮は、才明さまをお迎えするために陛下からお借りした宮なのです」

さりとて、実家《さと》である宰相宮の屋敷にはもう十年も帰っていない。

(私……帰る場所もないの……?)

その事実に、愕然《がくぜん》とする。

「……春陽宮に移る前は、艮山の修道尼院にいたのですが……」

勝手に西海国から出奔《しゅっぽん》してしまった咲耶を、あの厳格な白徳尼が受け入れてくれるとは思えない。

(でも、そこしか思い浮かばないなんて……)

寄る辺ない我が身が情けない。帝都の民を洪水の被害から救うどころか、我が身を落ち着ける場所さえもない。

「修道尼院ですか……」

復唱したサードは、だが、さほど難しい顔はしていなかった。馬を引いたままゆっくり大路を歩き、人けのない路地に馬を引き入れて止めた。サードはおもむろに褐衣を脱いで肩布に包まれていた西海国の咲耶の上衣をまとい、髪を西海国の侍女ふうに結い上げる。小間が衣と一緒に入れてくれていた紅を小指にとって唇と目尻にさすと、それだけで異国の美女にしか見えなくなった。

「………」

「似合います？」

「……似合いすぎ……」

咲耶の返事ににっこり笑うさまは、妖艶な美女以外の何者でもない。たとえサードや才明王を見知った者でも、この美女が男だとは思わないだろう。咲耶は、なぜか敗北感を覚えて顔を背けた。

化けたサードが堂々と言う。

「では、修道尼院に参りましょうか」

「え……？」

「出直すにも、居場所は必要です。修道尼院よりほかに行く当てがないのでしたら、私は咲耶姫さまの侍女としてどこへでもご一緒しますよ」

「どうして、そこまで……。私をこの国まで連れてきてくれただけで、もう充分お世話になったのに」

そもそも真秀皇国に来なければならなかったのは、咲耶の事情だ。サードには何の義務も責務もなかった。

「……乗りかかった船、ってやつでしょうかね。それに、この先、咲耶姫さまが目的を果たされて西海国にお帰りになるとしたら、それまでの経緯を才明陛下にご報告する必要もありますし」

（私を見張るためだったの……？）

少し寂しい気もしたが、サードにはサードの果たさねばならない職務があるのだ。

屈託なくサードが言う。

「さあ、日が暮れる前に参りましょう」

「でも……院長さまが、私を受け入れてくれるかどうか……」

「だめだと言われたら、説得するまでです。ここで説得できないようでは、皇帝陛下との接見も叶いませんよ」

「それとこれとは違うでしょう……」

言いかけて、いや違わないと、咲耶は思い直した。どんなことでも、ひとつひとつ解決して前に進まなければ成し遂げられないのだ。それに、内裏に出直すにしても、咲耶が咲耶であることの証人になってくれるのは白徳尼しかいないだろう。

「目的を果たさなければ、後先考えずに出奔なさった甲斐がない」

サードの激励はフォローになっていないが、見捨てられた気はしなかった。

「そうね」

「それで、修道尼院はどちらです？」

尋ねられ、咲耶は北東の艮山を指差した。帝都の鬼門を護る、要《かなめ》の霊山だ。

サードは迷いのない足取りで、艮山目指して馬を引いて歩き始めた。途中、帝都の東京極《ひがしきょうごく》の駅で馬を返し、そこからは咲耶も慣れない徒歩で行く。艮山は目の前に見えているのに、なかなか辿り着けなかった。

ようやく麓に着いた頃には、歩き慣れない咲耶はもう足が痛くて音《ね》を上げそうだった。しかもその先は険しい上り坂、白徳尼に追い返されるかもしれないと思えば気は重く、つい深い溜息をついてしまう。

と、サードが背を向けてしゃがみ込む。

「どうぞ」

「え……？」

「この坂道を登るのは無理でしょう」

サードが背負って登ってくれると言うのだろう。だが、そうは見えなくてもサードだって疲れているはずだ。

「大丈夫、自分で登れます」

「こんなことで無理なさらなくてもいいのに」

サードはそう言ったものの、立ち上がって手を引いてくれて、咲耶は長い上り坂をなんとか自力で登りきった。

艮山の中腹にある修道尼院の山門に、人影はなかった。久しぶりの修道尼院。懐かしさと、黄昏時《たそがれ》のせつなさに泣きそうになり、咲耶は一度目を閉じて心を落ち着かせた。参道を横に逸れて、社務所へと足を向ける。

「なにか御用ですか？」

聞き覚えのある声に呼び止められ、振り返る。裏の畑から厨《くりや》に向かう小路に、野菜籠を抱えた若い尼が立っていた。

「普音……？」

「……もしや、咲耶さま？　どうして……？」

普音が驚くのも無理はなかった。

「じつは急ぎの用事があって、戻ってきたの。あの……帝都にいるあいだ、ここに置いてもらえないかと思って」

「咲耶さまのお部屋は、まだ誰も使っていないはずですよ。そちらは？」

普音に尋ねられ、サードが自己紹介する。

「西海国からお供をしてまいりました、侍女のサードと申します」

名前としては珍しい響きだが、異国人だと思うからか普音はおかしいと感じたようすもなく会釈して、

「申し遅れました、私は普音と申します。ああ、まずは院長さまにお知らせしなくてはね。咲耶さま、少々お待ちくださいね」

そう言うと野菜籠をその場に置き、小走りで本堂へ向かった。その後ろ姿を見て、サードが咲耶にささやく。

「お友達ですか？　咲耶姫さまのお帰りを喜んでいらっしゃるようですね」

普音とは、友達と呼べるほど親しくしていたわけではなかった。それでも、この修道尼院ではいちばん歳が近く、お互い何かと気にかけていたことは確かで、今は咲耶自身も会えて嬉しいと感じていた。


眉間の縦皺が、普段の五割増しで深く刻まれている。

「……………」

長い長い沈黙の後、白徳尼は体中の空気を吐ききってしまうのではないかと心配になるほど深い溜息をつき、

「……事情はわかりました。行くところがないのであれば、というより、内裏にもご本宅にもどの面を下げて勝手に出戻ってまいりましたとご挨拶できましょうかと思えば、野宿をさせるわけにもまいりませんから、当院でお預かりするよりほかはありますまい。私どもとしては大変迷惑ではありますけれど、このような姫君にお育てしてしまったという責任はございます。幸か不幸か以前のお部屋はまだ空いておりますし、お荷物もまだご本宅から引き取りにいらしていないので、そのままにしてあるのですよ。まさかそれがこんな形で役に立つとは思いもしませんでしたが」

予知夢を見たこと、文を届ける手段がなくて自ら帰国したことをかいつまんで説明した咲耶に対し、白徳尼は長い説教、というより嫌味を述べて、疲れた顔をした。

「あの、出戻ったわけではないのです。用事が済めば、西海国に戻るつもりですし」

咲耶は慌てて弁解したが、

「咲耶さまがそのおつもりでも、先方の国王陛下がどう思われるか」

白徳尼はそう言うと、黙って咲耶の後ろに控えていたサードに窺《うかが》うようなまなざしを向けた。強心臓なサードは、白徳尼の視線を妖艶な微笑みで受け流す。

だが、白徳尼はじっとサードを見つめ……その視線の痛さにさすがのサードも笑みが引きつりそうになったところで、ようやく視線を外して言う。

「お文を衛兵に託したのは軽率だったかもしれませんね。ともあれ洪水の件に関しては、どのような形で皇帝陛下にお伝えするべきか……私も考えてみますから、明日にでも相談いたしましょう」

「……院長さまは、その……皇帝陛下が予知夢を見ていないかもしれないことを、ご存知だったのですか？」

咲耶の問いに、白徳尼は眉間の皺をさらに深くした。咲耶が帰国するに至った理由として凰輝がこの洪水を予知していないかもしれないと語ったとき、白徳尼は少しも驚いたようすがなかったのだ。

「それについては、必要があればいずれゆっくりとお話しいたしましょう。今日はもうお疲れでしょう、食事をとって早くお寝みなさい。お連れのサード殿には小夏の部屋をお使いいただきましょう」

「小夏は、ここに戻っていないのですか」

「咲耶さまが西海国に行かれた後も、下働きとして春陽宮に残ることにしたのですよ。本人も尼になるつもりはないと常々申しておりましたから」

修道尼院に戻っても、もう以前とは違うのだ。咲耶はあらためてそう感じた。

咲耶の帰還は堂々と公言できることではないので、尼たちにあらためて紹介されることもないまま、咲耶は十年間暮らした部屋へと足を向けた。咲耶の部屋は尼たちの宿坊とは別の小さな庵だった。咲耶のための部屋がふたつと、咲耶が幼かった頃は世話をする女房たちが寝起きしていた廂の間があったが、いつからか女房はいなくなり、廂の間は納戸として使われていた。

手燭《てしょく》に照らされる、久しぶりに帰る部屋。調度品は片隅に押し付けられ、御帳台も畳まれていたが、それ以外は以前と変わっていない。咲耶がここを出てから半年近く経ったというのに、その間、忙しい両親は荷物を引き取ろうとしなかったのか。

(私の私物など、引き取る気もないということ……？)

そう思ったところで、悲しみが深まるだけだ。咲耶は己の考えを打ち消した。

白徳尼に命じられた普音がもう一人の尼とともに掃除に来て埃を払い、御帳台を組み立てて寝床の用意をしてくれた。それから、ふたり分の食事を運んできてくれた。

「ありがとう。急なことで、ごめんなさい」

礼を言って謝る咲耶に、事情は知らされないまでもただごとではないと察しているらしい普音が、首を横に振る。

「ううん。たぶん院長さまも、本当は頼られて喜んでいらっしゃると思うわ。お帰りなさい」

何気ないお帰りなさいのひと言が嬉しくて、咲耶はじわっと涙がこみ上げてきた。そんな咲耶に、普音は優しく微笑み返してくれた。

「では、お膳はあとで下げに参りますから、ゆっくり召し上がってくださいね」

普音はそう言うと、咲耶とサードに会釈して下がった。

質素ながらも汁物もある温かい食事は数日振りで、しかもとても美味しかった。食事を終えると、やがて普音がお茶を持ってきてくれた。以前から、普音が淹れてくれるお茶は美味しくて、来客の際のお茶係はいつも普音が指名されていた。

「美味しい。またこのお茶が飲めるなんて」

素直に喜ぶ咲耶に、普音がはにかみながら言う。

「最近はお茶だけではなくてお料理の腕も上がったと、先輩たちに褒めていただけるようになったのですよ」

「もしかして、今いただいた食事も？」

「汁物は、私が作りました」

「ありがとうございます、とても美味しゅうございました」

サードが礼を言うと、客人に褒められたのが嬉しかったのか、普音は頬を染めて頭を下げた。それからお膳を重ねて捧げ持ち、

「では、ごゆっくりおやすみなさいませ」

そう言って厨へと戻って行った。

普音が出て行くのとほぼ同時に、風もないのに御帳台の帷子が不自然に揺れた。

「……？」

何ごとだろうと見ていると、ややあって帷子の下から白い顔がのぞく。

「……ユキ！」

咲耶は驚いて駆け寄った。春陽宮に置いてきぼりにしてしまったユキ、まさかここに戻って来ているとは思わなかった。咲耶の背中越しに、サードが問う。

「それは……何ですか？」

「……春陽宮では、お会いになりませんでしたか」

「ええ、初めて見ます。猫……とも違いますよね」

あらためて訊かれると、咲耶も答えられない。餌付けしたわけでもないのに、いつのまにか咲耶に懐いてしまっただけの白い小獣。

「珍しい獣ですね、西海国では見たことがない」

サードが手を伸ばすと、ユキは背を丸く持ち上げて威嚇《いかく》するように唸った。

「ユキ……どうしたの……」

ユキのこんな態度は、咲耶も初めて見る。ひとしきり唸ったユキは、サードを睨んでいた青い瞳をキッと外に向けた。

ユキの視線の先に、小さな物置小屋があった。咲耶の庵の西に隣接するその小屋の一角が、かつて小夏が使っていた部屋だ。ユキのしぐさは、まるでサードに「あっちへ行け」と命じているかのようだ。

「私がお借りする部屋は、あちらのようですね」

件《くだん》の部屋は、物置小屋の土間に板を渡して床にしただけの、部屋とも呼べない粗末で狭い空間だ。小夏は敷物や古布を上手に使って設《しつら》えていたが、月明かりに照らされる小屋は長いこと放置されていて、とても人が住む場所には見えない。

「……こちらの廂の間も、片付ければ寝起きする小部屋くらいにはなると思うのですが」

咲耶の部屋の隣の廂のほうが、物置小屋よりはましに思えたのだが、そんな咲耶の勧めを、サードは笑顔で辞退する。

「いいえ、私はそちらで。おそらくですが……あの院長さまは、私が女性ではないと気づいていらしたようですし」

「……そうなの？」

「確信はないかもしれませんが、少なくとも疑っておいでのようでした。姫君と同じ屋根の下で寝起きすることは望ましくないでしょう。この小さな守護神さまも、私がここにいることを望んではいないようですし」

「……申し訳ありません。こんなふうに人見知りする子ではなかったのに……」

咲耶は宥《なだ》めるようにユキの小さな頭を撫でた。

「私がずっと咲耶姫さまのそばにいるので、妬いているのかもしれない」

「……焼き餅？」

「ええ。ともあれ、部屋のことはお気遣い無用です。私は才明陛下と違ってかなり自由の許された身でしたから、雨露がしのげる場所であれば、それで充分なのです」

サードはそう言うと、おやすみなさいと挨拶して、手燭をひとつ持って小屋に向かった。

残された咲耶は、なんだか申し訳ないような落ち着かない気持ちになったが、ユキが甘えるように白い頭を咲耶の膝に擦り付けるので、懐かしさと愛おしさが勝り、そのまま添い寝して眠りに落ちていた。


翌日、白徳尼の部屋に招かれた咲耶とサードは、白徳尼の言葉にただうなずいた。

「やはり、小細工はせずにありのままに申し上げるべきかと存じます」

敬愛する皇帝に対し、策を弄するのは不敬だ。昨日は突然乗り込もうとしたため門前払いを食らったが、きちんと手順を踏めばそんなことにはならないはずだ。

「ただ、西海国の国王陛下の許可もなく出奔したと知れれば、皇帝陛下の謁見どころではなくなってしまうやもしれません」

当然の不安を口にする白徳尼に、サードが侍女らしい控えめな態度で述べる。

「その一点のみは、国王陛下が秘密裏に許可をくださったと偽るのが得策かと。私が、国王陛下から咲耶姫さまのお実家《さと》下《さ》がりのお供を命じられた侍女としてご一緒いたします」

「嘘だとバレないかしら」

「西海国としては婚儀前に許嫁《いいなずけ》に出奔されたことなど公にしたくはないので、真秀皇国側から何か言わない限り、わざわざ使者を遣《よこ》したりはしないと思いますよ。長引けばどうなるかはわかりませんが、少なくとも今日明日にどうこうということはないでしょう」

咲耶の心配を、サードはやんわりと打ち消した。

「では、私どものほうから神祇官《じんぎかん》を通して、咲耶さまが皇帝陛下をお訪ねになる旨を伝えておきましょう」

そう言って立ち上がった白徳尼は、「咲耶さま、こちらへ」と手招いて部屋を出た。

呼ばれた咲耶は、サードを残して白徳尼を追った。妻戸から細殿に出た白徳尼が、訝しむように問う。

「あの者を、信頼してよろしいのですか？」

「あ……ええ、サードは西海国からここまで無事に連れて来てくれて……」

「西海国の間者《かんじゃ》ということもありえます」

そんなことは、まるで疑いもしなかった咲耶は驚きに目を見はった。そもそもサードは才明の替え玉として真秀皇国に滞在した者で、咲耶にとっては西海国でいちばん気心の知れた相手だった。とはいえ、裏を返せば最初の出会いから騙されていたことになり、信頼できる根拠など何ひとつないのも事実だ。

「…………」

黙りこんでしまった咲耶に、白徳尼は吐息混じりに言う。

「まあ……予知夢の件も知られている以上、いまさら隠し立てするようなこともございませんし、咲耶さまに危害を加えるおつもりがないのであれば、それで良いのですが」

危害を加えるつもりがあったなら、咲耶はここに辿り着いていなかっただろう。白徳尼もそれは納得しているらしく、それ以上追及する気はないようだった。

その日、内裏では女官長の汀子が脇息に寄りかかり、美しい眉をひそめて溜息をついていた。目の前には、異国の紙に書かれた文が広げられている。衛兵から隊長に渡り、左衛門督《さえもんのかみ》を通じて皇帝の側近の女官が受け取ったものだ。女官はそのような得体の知れない文を皇帝にお見せして良いものかどうか迷い、恐る恐る汀子にお伺いを立てたのだった。

内容は、皇帝でもない者が都の洪水を予知し、どうか事前に民を避難させてほしいと願う、荒唐無稽《こうとうむけい》なものだった。しかも差出人は、真秀皇国内にはいないはずの咲耶を名乗っている。

「たちの悪い悪戯《いたずら》ですよ」

女官にそう言い、文を預かった汀子だが……文の筆跡は、何度か目にしたことのある咲耶のものに似ている気がする。何より、予知夢を見たと言って案じているところから、咲耶本人が書いたものである可能性は高い。

（あの娘は、今の皇帝が予知夢を見たことがないと知っているの？）

それは内裏においてもごく一部の者しか知らない重要な機密だ。この事実が知れ渡れば、民は不安に慄《おのの》き、異国からは皇国が神に見捨てられたと見なされてしまうだろう。これまでは神聖であるが故に不可侵とされ崇《あが》められていた皇国に、侵略戦争を仕掛ける国も出てくるかもしれない。

（そう疑われてしまう内容を、不用意に文に書くなんて……）

汀子は文を両手でぐしゃりと握り、しぼるように捻った。

「汀子さま、ただ今、神祇伯《じんぎはく》の梓翁《しおう》さまが皇帝陛下を訪ねていらっしゃいました」

御簾の向こうから、女官が告げた。

「木河殿《もくが》が……？」

汀子は面倒くさそうにつぶやいた。

真秀皇国で上流貴族と認められるのは、五聖河と呼ばれる五つの家、すなわち火《か》河《が》家・水河《すいが》家・木河家・金河《きんが》家・土河《どが》家の出身の者たちだけであり、皇妃になれるのも五聖河の姫に限られている。神祇官の長官である梓翁は木河家の当主であり、十六年前に亡くなった前の皇妃樫子の父、つまり凰輝の外祖父に当たる人物だ。凰輝の身のまわりすべてを取り仕切る汀子にとって、梓翁はもっとも気を使わされる相手だ。

汀子はまとっていた上衣を脱ぎ、略正装の小袿に改めて皇帝の昼の御座《おまし》へ向かおうとした。と、さきほどの女官が呼び止める。

「いえ、梓翁さまは紫宸殿のほうに」

（まあ、珍しいこと）

私的な昼の御座ではなく公的な紫宸殿に出向いたということは、皇帝の祖父としてではなく神祇伯として参内したということか。それならば、わざわざ汀子が挨拶をする必要もないかと思いつつ、参内を知りながら無視したと思われるのも嫌なので、紫宸殿へと足を運ぶ。

謁見の間の南廂に、見慣れない装束の女が控えていた。梓翁の連れだろうか、美しい二重織物に細やかな刺繍の施された細身の上衣は、たしか西海国のもの。汀子が前を通ると、女は神妙に平伏した。

「陛下、お邪魔してよろしいでしょうか」

汀子の問いかけに、凰輝より早く梓翁が応じる。

「ああ、水河家の姫君か。お久しゅうござる」

「お久しゅうございます」

汀子をいまだ小娘のように「水河家の姫」呼ばわりする初老の男に、汀子は取り繕った笑みを向けて入室する。だが、その視線の先にいるはずのない若い女の姿を認め、作り笑いが剝がれ落ちた。

「ご無沙汰しております、母上」

「………咲耶？」

たっぷりふた呼吸ほどの間を空けて、母は娘の名を口にした。隣国での結婚を控え、もう戻ってくることもないはずの娘だ。それが、どうして。しかも、木河家の梓翁と一緒に参内しているとは……。

（まさか……）

汀子の脳裏を最悪のシナリオがかすめたが、続く梓翁の説明で、汀子は少しだけ緊張を解く。

「ご息女は何やら陛下に大切なお話があって、西海国の侍女殿に伴われて艮山に戻っていらしたのだと、白徳尼より神祇官に報告がございましてな。黒曜殿下もご多忙のごようすゆえ、老生がお連れいたした次第です」

帝都周辺では、このところ何かと不満を抱く農民や武士団が騒ぎを起こすので、宰相宮の黒曜はその鎮圧に追われて忙しいのだ。

「そ、それは……ご迷惑をおかけいたしました」

まだ困惑を隠せないまま詫びる汀子に、梓翁は鷹揚に言う。

「なんの、美しい姫君を伴って参内するのは楽しいものです。二十年も前のことなど思い出し、懐かしい気持ちになりましたよ」

楽しそうな、同時にどこか寂しげな梓翁の微笑みに、汀子は苛立ちを覚えた。二十年前の話なら、この男が伴っていたのは娘の樫子だろう……汀子の胸に、苦いものが込み上げる。

（本当なら、皇妃になるのは、このわたくしだったのに……）

水河家の姫として生まれた汀子は、幼い頃から皇妃となるべく育てられた。ひとつ歳下の木河家の檉子も同様に育てられたのだろうが、家柄は水河家のほうが格上だ。檉子がほんの半年早く入内していても、それは問題ではなかったはずだ。だが、いよいよ汀子が入内するときになって、時の皇帝寿鳳は「妃は檉子ひとりでよい」と言い出した。皇帝の発言は絶対だ。水河家は不満を抱えながらも、汀子の入内をあきらめ寿鳳の弟黒曜に嫁がせた。それは、美しく誇り高い汀子にとって、初めて味わう屈辱だった。

その後、檉子は難産のすえ皇帝の御子と引き換えに儚くなり、汀子は少しばかり溜飲を下げた。今は皇妃不在の内裏で、凰輝の母代として女官の最高位に就いている汀子だ。それでも、正直なところいまだに木河家も亡き檉子も大嫌いだ。

そんな汀子の嫌悪など知らぬげに、梓翁が言う。

「さて、私は今、陛下に人払いされたところなのです。我らはしばし、部屋を出るといたしましょう」

例の文に書かれていた件だ。そう察した汀子は部屋に残ろうとしたのだが、ここで人払いを無視して汀子が残れば、梓翁も残ると言い出しかねない。凰輝が予知夢を見ないことを梓翁に知られてしまうのを恐れ、汀子はやはりともに退出しようと思い直した。皇帝と咲耶がどんな話をするのか気にはなるが、それは後で皇帝に確かめれば済むことだ。

廂の間では、西海国の装束の女がいまだに控えていた。この女が、西海国から咲耶を連れてきたのか。

「遠路、ご苦労でした。咲耶の母です、娘がわがままを申したようですね。お詫びいたします」

「お気遣い、恐れ入ります。咲耶姫さまが西海国に戻られるまで、御身をお守りするのが私どもの役目でございますから」

顔を上げ、少し低い声で女が言った。若く、華やかで美しい女だ。

（この女、以前どこかで……）

汀子はしばし思案したが、思い出せなかった。

それにしても長い人払いだった。

会話もないまましばらく待ち、やがて汀子は女官に命じて温かい飲み物を運ばせた。廂の間で待つ三人の分と、凰輝と咲耶の分も折敷に載せて隅に置く。だが、その飲み物が冷め切ってしまっても、人払いは解かれなかった。御簾の向こうからは、人の声も衣擦れの音さえも聞こえてこない。

しびれをきらした汀子が、御簾に寄ってお伺いを立てる。

「陛下……もう、よろしゅうございますか？」

返事はない。

汀子だけでなく、サードも梓翁も表情を変えた。

「陛下、ご無礼をお許しください」

言うと同時に、汀子は御簾を上げた。

そこに……いるはずのふたりの姿はなかった。


これより少し前、人払いした紫宸殿の母屋で、凰輝と咲耶は向き合っていた。

凰輝は、ここにいるはずのない咲耶の訪問に、戸惑いを隠さず尋ねる。

「あなたは西海国にいらっしゃるとばかり思っていました。何かあったのですか？」

「……陛下のもとへは、まだ私の文は届いておりませんか」

「文……？」

意外そうに聞き返されたのは、届いていないからだ。咲耶は意を決すると、「僭《せん》越《えつ》ながら」と恐縮しながら、洪水の予知夢を見たことを打ち明けた。そして、皇帝の名において都の人々を避難させてほしいと、半ば声を震わせながら頼んだ。

話を聞いて、凰輝が困惑気味に聞き返す。

「咲耶が、予知夢を……？　それは、本当にただの夢ではないのだね？」

「はい。予知夢には特徴があるので、間違うことはありません」

咲耶がきっぱり言うと、凰輝は視線を落とした。

「そうか……それで、その洪水はいつ起こるのだ？」

当然の問いに、咲耶は決まり悪く俯いて言う。

「残念ながら、正確な日にちはわかりませんでした。ただ、夢の中で桂花の香りがしておりましたので、白月の上旬だとは思うのですが」

「……今がまさに白月の上旬だ。桂花なら、早いものはもう咲き始めたよ」

困った顔で、凰輝が言った。

「そう……ですよね」

「確信のない予知で、いたずらに人心を惑わすわけにはいかない」

そのとおりだ。それでも、咲耶はあきらめきれず小さく首を振る。洪水の危険があることだけでも民に知らせておいてくれれば、このあと雨が降ったときに用心して避難する心の準備もできるだろう。

「ところで、咲耶にユニコーンはいるのかい？」

ふいに問われて、咲耶は首を横に振った。ユニコーンは皇帝に付き従う神獣で、その神獣が予知夢を見せるのだと言われている。だが、実際には咲耶はユニコーンなど見たこともない。

「……朕《わたし》に、ついてきてほしい」

何を思ったのか、凰輝は立ち上がると自ら母屋の西の壁代を除け、部屋を出た。咲耶は驚いたものの、皇帝の言葉に従って後を追った。

西の細殿から渡殿を通り、さらに、太い柱に囲まれた細殿を渡る。今は空き部屋になっている小部屋を抜けて妻戸を開けると、その奥に大きな御帳台が見えた。おそらく、そこは皇帝の寝室、夜の御殿《おとど》だ。

入室することをためらって足を止めた咲耶を振り返り、凰輝が言う。

「咲耶に見せたいのは、この奥だよ」

凰輝は御帳台の横を通り、背後の扉を引き開けた。漆塗りの、螺鈿《らでん》や金箔で美しい文様の描かれた、細いけれど重々しい扉だ。その向こうに、ここまでの通路とはまるで違う細く薄暗い廊が続いている。

立ち止まることなく進む凰輝を、追わないわけにはいかなかった。

緩やかに曲がる、細く長い通路。左右は壁で外が見えないのに、ほのかに明るい。天井は凰輝の立纓冠《りゅうえいのかん》がかろうじてぶつからない程の高さしかないが、不思議と圧迫感はない。

どこまでも続くかに思えた通路だが、やがて行く手に妻戸が見えて、凰輝がそれを開けた瞬間、咲耶はまぶしさに手をかざした。

「こちらだよ」

凰輝の声を頼りに、少しずつ歩を進める。

冷たい風が、頬を撫でた。目が光に慣れてくると、咲耶は自分たちが見慣れぬ建物の回廊に立っているのだとわかった。目の前には八角形のお堂があり、中庭を取り囲むように白い欄干の廊が廻らされている。小さな池と、そこに流れ込む小川には小さな橋が架けられている。振り返れば、凰輝と咲耶が通った妻戸は洞窟の入り口のように丘の麓にあり、その丘の中腹にはこちらを見下ろす東屋がある。おそらく丘の向こう側に内裏があるのだろうが、丘に遮られて見渡すことができない。視線を戻せば、回廊の向こうには樹木の生い茂るなだらかな斜面が広がり、それは遠くの高い山々……山頂に白い雪をいただく北玄武連山へと続いていた。

「ここは……」

まるで別世界だと思う咲耶のつぶやきに、凰輝が答える。

「夢殿《ゆめどの》です」

口調があらたまったのは、ここが神聖な場だからなのだろう。さらに質問しようとした咲耶に、凰輝は指を立てて沈黙を要求した。咲耶は理由もわからないまま口を閉じた。

静かで、心地好い場所だ。

凰輝と咲耶以外にヒトの気配はなく、ときおり緩やかな風が木々の葉を揺らす音だけが耳に届く。時が止まっているかのような錯覚を起こす。

木陰で、何かが動いた。

白い獣だ。

「ユニコーンです」

凰輝がささやいた。

ユニコーン。真秀皇国の神の使い、神獣だ。

こちらを窺っていたユニコーンが、ゆっくりと姿を現した。他のどの獣とも違っているが、強いて例えるなら白い鹿に似ているだろうか。全身が白い毛に覆われた、額に長い角を持つ一角の神獣。ほっそりとした上品な顔、神秘的な青い瞳、たてがみは長く、四肢は頼りないほど細い。

ふと修道尼院にいるユキを思い出したのは、毛の色と瞳がそっくりだったからだ。全身のフォルムは、ふっくら丸く愛らしいユキとはまるで違う。

山へと続く斜面にいるユニコーンは、一頭ではなかった。数頭の白い獣が、木陰に見え隠れしている。一頭だけが、こちらを向いて姿を見せている。

その一頭が、用心深く寄ってきた。凰輝は緊張した面持ちでユニコーンを見つめ、それから咲耶を見た。

ユニコーンは、凰輝ではなく咲耶を見ていた。ためらうように足踏みをしながら、咲耶に近づいてくる。

咲耶がつい手を伸ばしてしまったのは、その神獣が愛らしく見えてしまったせいだ。

その瞬間、ユニコーンは青い瞳に怒りをにじませ、長い角を大きく振った。

「あ……痛っ」

角が咲耶の手をかすめ、指先に痛みが走った。

視線を上げたときには、ユニコーンは走り去り、木々の間に消えていた。

「大丈夫かい？　ああ、血が出ている」

凰輝が懐紙を出して咲耶の指に巻いてくれた。

「大丈夫よ。でも、ごめんなさい。ユニコーンを驚かせてしまったわ」

凰輝はそれには返事をせず、ユニコーンの消えた方角を見つめ、つぶやく。

「……今のは、父上のユニコーンだったのだろうか……」

「え……？」

凰輝は瞬きもせず一点を見つめていた。その瞳は狂おしいほど何かを求め、同時に、その何かを諦めてしまっているようにも見え、咲耶は息を呑んだ。なぜだろう、せつなさに胸が痛んだ。

やがて、凰輝は意を決したように告白する。

「朕がひとりでここに来ても、ユニコーンが姿を見せてくれたことはなかったのです」

(皇帝なのに？)

頭に浮かんだ疑問を、だが、咲耶は口にできなかった。

凰輝が言う。

「ここは野生のユニコーンの棲み処《すか》です。その中の一頭だけが皇帝を主と認め、予知夢を見せるのだと父が生前教えてくれました。でも、朕を選んでくれるユニコーンは、いまだに現れない」

「それなら、いつかきっと……」

「どうだろう。咲耶が予知夢を見たと聞いて、もしかしたらいずれかのユニコーンが咲耶を選ぶかもしれないと思ってここへ連れて来たのだけど」

残念ながら、咲耶もさっきのユニコーンには選ばれなかったようだ。

凰輝は名残惜しそうに木々の間に視線をめぐらしていたが、やがて諦めて、咲耶をつれて通路を引き返した。

「もしもユニコーンのいずれかが咲耶を選んだら、咲耶の不完全な予知夢を補完して洪水がいつ来るかわかると思ったのだけれど」

「補完……ですか」

「咲耶はユニコーンがいなくても予知夢を見る能力を備えているようだけれど、日時がわからないのでは予知としては不完全だ。ユニコーンがそれを補ってくれればいいと考えたのだが、そう都合良くはいかなかったな」

凰輝が残念そうに言った。咲耶も残念だとは思ったが、自分は皇帝ではないのだから仕方がないとも思った。

細い通路を抜けて、夜の御殿に通じる扉を開く。

凰輝が、ふいに立ち止まった。

その肩越しに、険しい顔をした汀子の姿が見えた。

「……汀子……？」

「なんということを……夢殿は、皇帝しか立ち入ることの許されない聖域ですよ！」

怒りをあらわにして汀子は叫んだ。

「でも、朕も即位する前に父上に連れられて……」

「それは、陛下が皇太子だったからです！」

皇帝を叱りながらも、汀子は咲耶に腹を立てている……少なくとも咲耶はそう感じた。汀子は憎しみの込もったきつい眼差しを咲耶に向けて言う。

「そもそも異国に嫁ぐ身でありながら、皇帝の後宮に足を踏み入れるなんて……はしたない、恥を知りなさい！」

「汀子、朕が来いと命じたのだ」

とっさに凰輝が庇ってくれたが、それさえも汀子は気に入らないらしく、柳眉《りゅうび》を逆立てて咲耶を睨んだ。母の怒りの前に、咲耶は謝るしかない。

「女官長、ごめんなさい、軽率でした」

「……わかったのなら、早くお戻りなさい」

さっさと西海国に戻れ、そう言われたのだと思った。

(母上は……やはり私がお嫌いなのだわ……)

一度は自分なりに呑み込んだはずの切ない事実をふたたび突きつけられ、咲耶は胸がつぶれる思いだった。予知夢を見て母国を救いたいなどと考えた自分が愚かだったのだ。やはり、出すぎた真似だった。

うなだれて紫宸殿への渡殿を引き返す咲耶に、凰輝がきっぱりと言う。

「また予知夢を見たら、朕に教えてください」

「陛下！」

汀子が咎める声で制止したが、凰輝は動じない。

「それが皇国の民のためになる予知夢なら、朕は知る必要があります」

自身の自尊心よりも皇帝としての責務を果たすほうが大事だ、凰輝は迷いもなくそう考えているのだろう。

(父上と母上は、立派な皇帝を育てられたのだわ)

そう思うことは誇らしく、同時に、言いようのない疎外感に惨めな気持ちにもなった。

「咲耶」

汀子に呼ばれ、はっとして振り返る。名を呼ばれただけで何か期待してしまうほど、咲耶は母の愛情に飢えている。なのに……。

汀子は言う。

「あなたには政治《まつりごと》のことなどわからないのでしょうが、今は陛下の恩を忘れて不満を訴える輩《やから》がこの帝都に押しかけてきて、陛下も父上もその対応に腐心しておられるのです。よけいな戯言《ざれごと》で陛下を煩わせるなど、もってのほかですよ」

「……申し訳ありませんでした」

謝罪した咲耶に、汀子はもう一瞥もくれなかった。

そのあとは梓翁の牛車でサードとともに艮山の麓まで送り届けてもらい、修道尼院の自分の部屋に帰ったのだが、その間、誰と何を話したか、咲耶はまるで覚えていない。記憶の片隅に、「お会いできて楽しかった」という旨の言葉とともに目を細めた梓翁の優しい笑顔が焼きついて、なぜか泣きたい気持ちになったが、それだけだ。

洪水のことを凰輝に伝えなければという一心で幾日もかけて戻ってきたのは、ただのひとりよがりだったのか。もう何も考えたくなかった。

「皇帝に面会できたわけですし、西海国にお戻りになられますか？」

御帳台に伏したきりの咲耶に、侍女姿のサードが帳越しに尋ねた。笑みを含んだその声が、慰めてくれているようにも、咲耶の無力を嘲笑《あざわら》っているようにも聞こえ……咲耶は返事ができなかった。

「大丈夫ですよ。この程度のことでお戻りになられても、尻尾を巻いて逃げたなどとは申しませんから」

(言ってるじゃない！)

やはりバカにされているのだ。咲耶は上衣を頭から被って、褥に突っ伏した。しばらく横になっていると、疲れがとれて少しずつ思考力が回復してくる。せっかくここまで来て、拗ねたり僻んだりしている場合ではない。

起き上がって御帳台を出ると、先刻と同じ場所にサードが端座していた。

「落ち着かれましたか」

「……ずっと、そこに？」

「ええ。咲耶姫さまが帰国なさったのは、母君たちに褒めていただくためではなく、洪水から帝都の民を救うためですよね」

その通りだ。

(私が落ち着くまで、待っていてくれたの？)

少しだけ元気が出た。

正確な日時はわからなくても、すでに桂花は咲き始めている。このあと大雨が降れば、おそらく洪水に見舞われてしまうだろう。

咲耶は履物を履いて庭に出て、空を見上げた。

秋晴れの青い空に、白い雲。はるか北の方角、山頂に雪をいただく北玄武連山の上に黒い雲が見えるが、風向きから考えてあの黒い雲がすぐに帝都を襲うとは思えない。

(凰輝はわかってくれたのだもの。明日にでも出直して、雨が降り出したらどう対処すれば良いか話し合ってみよう)

帝都に押しかけている民衆への対応に苦慮しているところを申し訳ないとは思うが、こちらも帝都の民の生命がかかっているのだ、後回しにできる問題ではない。

心が決まると、現金なもので急に空腹を覚えた。

それが伝わったわけではないだろうが、普音ともうひとりの尼が咲耶とサードのために夕食を運んできてくれた。豆の汁を絞って固めたものや、修道尼院の畑で育てた野菜や裏山で取った山菜など、一見質素だが手間をかけた小皿が並んでいる。

「作り手の思いやりが感じられる、食べるだけで心身が癒される料理ですね」

サードの感想に、咲耶もその通りだと思った。

食事の膳が片付けられると、サードは、

「今日もお疲れでしたね。ゆっくりお寝みください」

そう言い置いて、自分の部屋へ引き上げた。

咲耶がひとり御帳台に戻ると、しばらくしてどこからともなくユキが現れて枕元に座った。咲耶が手を伸ばすと、頭を擦り付けて甘えてくる。

「ユキ……今日見たユニコーンは、目と毛の色がユキにそっくりだったのよ」

こんなふうに撫でさせてはくれなかったけれど。指先の傷は、もう痛まなかった。

「ユニコーンは神秘的できれいだったけど……ユキのほうがずっと可愛い！」

そう言って抱きしめようとすると、さすがにそれは迷惑だと言わんばかりに逃げられてしまった。けれど、咲耶が「ごめんね」と謝ると、すぐに枕元に戻ってきた。

＊　　＊

視界が、キラキラと光る。

ああ！　また予知夢ね。

すぐに目の前の惨状に息を呑んだ。

渦巻く濁流、助けを求める悲鳴……あの洪水だ。

へし折られ薙《な》ぎ倒された木々に交じり、倒壊した家々の屋根や柱らしき木材も流されてくる。

水面から突き出ているのは、右京区の寺院、西光明院《にしのこうみょういん》の鐘楼だ。

視界を、白い獣が横切る。

え……？

白く細い四肢、長いたてがみのユニコーンが、振り向いた。

幼獣なのか、細い角は昨日見たユニコーンの半分ほどの長さもない。

澄んだ青い瞳と視線が合う。そのまなざしに見覚えがあった。

……ユキなの？

返事はなく……濁流から突き出た鐘楼の屋根の端に器用に乗ったユニコーンは、流れる水に鼻先を浸けた。

水面に、紙のようなものが浮いている。

御札……？

浮かんでは沈む、たくさんの紙片。

墨で書かれていた文字は滲んで読めないが、朱印らしきものも見える。

それらの紙片が入っていたと思われる木箱も、浮き沈みしながら流れてゆく。

秋季皇霊祭の御札……。

春と秋、ちょうど昼と夜の長さが同じになる日に、皇室では祖先の霊を祀って国家の安寧を祈念していた。それが民間にも広まって、その日を中日として五日間、御札を門などに貼って祖先の霊を慰める。五日目の朝、御札を寺院に奉納し、その夜お焚き上げの儀が行われるのだ。

奉納された御札が木箱ごと流されたのであれば、これは秋季皇霊祭の五日目のこと。お焚き上げの夜が来る前に水が押し寄せたのだ……。

＊　＊

咲耶は、はっとして跳ね起きた。

秋季皇霊祭の中日は白月二十三日。五日目なら二十五日だ。

枕元で、いつもの小さくて丸いユキが、青い瞳で咲耶を見上げていた。

可愛らしい頭をそっと撫で、額のあたりの硬い手触りにハッとする。白い毛を掻き分けると、生え始めたばかりの角とも思える突起が現れた。

（もしかして、ユキって、ユニコーンの子供なの……？）

ならば、これはユキが見せてくれた予知夢なのだろうか。

皇帝の凰輝を選ぶユニコーンはいまだ現れていないのに、従姉にすぎない咲耶の傍にはずっと小さなユニコーンがいたのだ。なんて皮肉な巡り合わせだろうと思ったが、今はそれが誰の予知かなど問題にしている場合ではない。

被災は白月二十五日、今日は十九日だ。急いで凰輝に報せれば、今度こそ適切に対処してくれるはず。

小袖袴に上衣をまとって御帳台を出ると、御簾の向こうにすでにサードが控えていた。

「おはようございます」

「おはようございます、咲耶姫さま」

「聞いて！　洪水がいつ来るか、わかったの！」

興奮気味に切り出した咲耶に、サードが問う。

「予知夢をご覧になったのですか」

「ええ、そうよ」

咲耶は振り返ってユキを目で捜したが、もう御帳台に白い獣の姿はなかった。

取り急ぎ白徳尼の部屋へ行って説明し、今日も参内したいと言うと、白徳尼はしばし考えてこう言った。

「昨日の参内で、咲耶さまが帰国なさったことは明らかになったのですから、今回はお文を書いて使者に持たせるのがよろしいでしょう」

咲耶が参内するとなれば、また梓翁かほかの誰かを煩わせることになる。白徳尼は、必要ならばそれも仕方がないが、煩わせずに済むならばそれに越したことはないと考えているようだ。

咲耶も同意して、部屋に戻って凰輝への文を書いた。

白徳尼は、汐野《しおの》という尼僧を使者に立て、その文を託した。汐野はこの修道尼院では社務所の責任者として内裏の女官たちとも面識があるうえ、じつは水河家の血縁の者なので、女官長の汀子とも顔見知りだった。

「では、確かにお預かりいたします」

汐野はそう言って、文を携えて艮山を下りて行った。

本堂の廊からそれを見送ってしまうと、咲耶はほうっと息を吐いた。

「今度こそ、皇帝陛下はお聞き届けくださいますね」

傍らに控えるサードの言葉に、咲耶はうなずく。

「そうね。それが確認できたら……西海国へ戻ります」

はじめから、そのつもりで帰国したのだ。無断で出奔した咲耶を才明王がどう思っているか、考えれば不安になるけれど、ここで想像しても仕方がない。咲耶にできるのは誠意をもって詫びることだけ。

ただ己のことよりも、深い考えもなしに巻き込んでしまったサードがどのような罰を受けるのだろうと思うと、心配と申し訳なさにいたたまれなくなる。

思い巡らす咲耶の頭に、サードがこつんと拳をぶつけた。

「つまらないことを考えていませんか?」

「つまらないことじゃ……」

「被災の日がわかったところで、洪水を防げるわけではないでしょう。皇帝の下知で民を避難させるにしても限界はある」

サードが言う通りまだ何も終わっていない。

凰輝が咲耶に何か手伝ってほしいと言うのであれば、何でもしようと思う。

庭に下りて、北の山々を眺める。艮山は帝都の北東を護る山だが、中腹のここからは近くの低い山に遮られて北玄武連山も白い山頂が見えるだけだ。

(いつか凰輝にも、凰輝のユニコーンが現れるのだわ)

凰輝も咲耶もまだ十六歳だ。ユキが成獣ではないように、凰輝のユニコーンもまだ幼いため夢殿に現れないのかもしれない。きっとそうだと、咲耶は思った。


朝のうちに出かけた汐野が戻ってきたのは、陽が傾き始めた頃のことだった。

「ご苦労でした。ずいぶん時間がかかりましたね。お文は、皇帝陛下にお渡しできましたか？」

白徳尼の問いかけに、汐野は疲労の見える表情で答える。

「はい。じつは大内裏の門前に東の村々の代表だという者たちが座り込んでおりまして、衛兵たちは彼らを制するのに忙しく、なかなか取り次いでいただけなかったのです」

「陳情の者たちですか」

「ええ。春の冷害でこの秋の収穫が見込めないため、税の免除を願い出ているとかで」

西の村では旱魃、東では冷害、同席して話を聞いていた咲耶は真秀皇国はどうなってしまったのだろうと目を見張ったが、そのような天災は珍しいことでもないのか、白徳尼は顔色ひとつ変えなかった。

汐野も平然と報告を続ける。

「その者たちのあいだを縫って、なんとか門番に取り次ぎを頼み、やっと女官長さまにお目通りがかなったのでございます。女官長さまはお文に目を通されたのち、陛下の御簾の内に差し入れてくださいました」

「して、ご返事は？」

「大儀であったと……女官長さまが仰せになられました」

俯いて言う汐野の返答に、咲耶は思わず白徳尼と顔を見合わせた。

「……それだけですか？」

「女官長さまから咲耶さまに、天下の政治を左右できるのは皇帝陛下の予知だけですとのおことづけを賜《たまわ》ってまいりました」

文の内容を知らされていない汐野には、それが何を意味するのか理解できなかったようだ。だが、咲耶には、よけいな口出しをするなと言われたのだとわかる。昨日も、この大変なときによけいな戯言で陛下を煩わせるなと叱られたばかりだ。母にとって、咲耶の予知夢は戯言でしかないのだ。

「やはり、私が陛下にお会いしてまいります！」

顔を赤らめて立ち上がりかけた咲耶に、白徳尼が冷静に言う。

「同じことですよ」

内容も、その重要性も、伝わっているはずなのだ。咲耶が直接説明したところで何も変わらないだろう。

「でも、このままでは……」

「あとは、皇帝陛下ご自身がどう判断され、何をなさるかです」

白徳尼は硬い口調でそう言ったが……陳情の者たちが次々と帝都に押しかけている現状で、皇帝や朝廷が災害のために動いてくれるかどうか疑わしいと考えているらしく、眉間に深い皺が刻まれた。

昨日の様子では、凰輝が咲耶の予知を信じてくれたとしても、汀子はそれを否定するに違いない。皇帝の判断に口を出すのは畏《おそ》れ多いことだが、若き皇帝は母代の汀子の意見を無視することもできないだろう。咲耶は唇を嚙みしめた。

白徳尼は言う。

「災厄の日がわかったのです。その通りに天候が崩れれば、すぐにでも役人たちに避難誘導させるよう命令が下るでしょう」

「それで、間に合うのでしょうか」

咲耶の疑問に、白徳尼は返事をしなかった。おそらく、同じ不安を抱いているのだ。

だが、ここで言い合っても意味がない。咲耶は一礼して部屋に戻ったが、胸は理不尽な思いでいっぱいだ。

(母上は、私がお嫌いだから……)

そのせいで予知を無視されてしまうのだとしたら、このまま傍観してはいられないと思う。だが、無駄に騒ぎ立てても信じてもらえないだろうし、逆に、信じた者たちが混乱や恐慌を引き起こしても被害が拡大するだけだ。

(私は、何もできないのだわ)

予知夢を見ても、それだけだ。己の無力に打ちひしがれて伏していると、サードが御簾を上げて部屋に入ってきた。

「咲耶姫さま、私は帝都の地理に明るくないので、院長さまから洛中洛外の地図をお借りしてきましたよ」

「………」

返事をする元気もない咲耶にかまわず、サードは巻物状の地図を床に広げる。

「洪水の範囲はおわかりになりますか？　まさか、この広い帝都一帯が水没するわけではありませんよね」

尋ねられ、咲耶は立ち上がる気力もないまま手と膝をついて、のろのろと地図に近寄り覗き込んだ。

地図の上辺には北玄武連山、その少し下の右側に小さく艮山が山型に描かれている。北玄武連山の下中央に大内裏、大内裏の朱雀門から朱雀大路を南に下れば南白虎門。帝都の街中には升目状《ますめじょう》に路が通っている。朱雀大路の西が右京区、東が左京区だ。

地図を眺めるサードが、不思議そうに言う。

「右京区と左京区、逆ではないのですか？」

「内裏側から見た右と左なのよ」

説明しながら、咲耶はあらためて地図を見た。夢の記憶と照らし合わせる。はっきり覚えているのは右京区の寺院、西光明院の鐘楼だ。もともと右京区の大半は湿地帯で、その景観を活かした大きな池のある貴族の別邸なども多い。当然、大雨が降れば池があふれたり路が浸水したりということは、これまでも幾度かあった。

（でも、街を呑み込むほどの洪水なんて……）

真秀皇国には大きな川が五つある。それにちなんで大貴族の五つの家を五聖河と呼ぶのだが、本来の川の話をするなら五つの川は東から火川《ひのかわ》・水川《みずのかわ》・木川《きのかわ》・金川《かなのかわ》・土川《つちのかわ》で、そのうちの木川と金川が、北玄武連山より湧き出て帝都を流れる。特に右京区を流れる金川は水量豊かで、下流の村々の農業用水として重要な役割を果たしているだけでなく、海辺の町との水上交通にも一役買っている。

地図上を指で辿りながら、サードが首を捻《ひね》ねる。

「大規模な洪水というなら、この金川の氾濫が原因でしょうね」

「……ええ、たぶん」

金川周辺は帝都の中でも土地が低い。土壌は豊かで畑が広がり、周囲には農民の家が密集しているほか、作物を売りさばく市もある。

「普通、避難場所といえば近隣の寺院ですが……」

サードの言葉に、咲耶は首を横に振った。夢の中の、水面から突き出た西光明院の鐘楼を思い出す。平地にある西光明院の境内は完全に水没していた。

「近くではだめ。北側の高台の寺院か、いっそ朱雀大路の近くまで逃げてもらわないと」

遠いな、と思う。雨が降って足元がぬかるめば、なおのことだ。

（秋季皇霊祭の五日目……）

信心深い市井の人々は、朝から寺院にお参りして御札を奉納する。

（近くじゃなくて、高台の寺院に奉納してくれればいいのに……）

奉納して、そのまま帰らずに残ってくれたら……。

あらためて地図を見る。帝都の北には北玄武連山へと続く山があり、そこにも大小いくつかの寺院がある。

咲耶は、はたと顔を上げ、立ち上がった。そのまま足早に白徳尼のもとへ急ぐ。

「院長さま、お祭りを催しましょう！」

咲耶の唐突な言葉に、白徳尼はぽかんと目を見開いた。

興奮を隠さず咲耶は言う。

「秋季皇霊祭の五日目に、この修道尼院や、できれば西の高台にある寺院でも、歌舞音曲で洛中の人々を迎えて、御札の奉納をしてもらって、すぐには帰りたくないと思ってもらえるような出し物とか、食べ物とかを提供して……」

「……大変な物入りですね」

洪水対策なのだとすぐに察したらしく、だが、白徳尼は静かにそう言った。

名案だと思ったのだが、実現には膨大な手間と資金が必要だ。よその寺院に協力を頼むのも容易ではないだろう。

(なんとかできないの？)

肩を落とす咲耶から顔を背け、白徳尼は部屋の外に向かって言う。

「誰か、梅丸《うめまる》をこれへ」

呼ばれて、ややあって現れたのは髪を後頭部でひとつに結い上げた少年だ。修道尼院は男子禁制というわけではないが、慣習として下働きの男たちは少年か老人に限られていた。梅丸も、そんな下働きの少年のひとりだ。

白徳尼が言う。

「こんな時分に済まぬが、木河家の神祇伯に使いを頼まれておくれ」

「はい、院長さま」

「急ぎご相談したき儀があるゆえ、明日にでもご足労願いたいと」

「かしこまりました」

梅丸は元気に返事をすると、身軽に外へ駆け出した。

「……院長さま……？」

顔を起こした咲耶に、白徳尼が言う。

「この修道尼院だけでは、集められる人々の数にも限界がありますからね。帝都に陳情に来ている者たちの中には、満足に食事もできずに飢えて倒れる者や窃盗をはたらく者も出てきたようです。洛中では自主的に炊き出しをしている寺院もあるようですが、これ以上の経済的な負担は難しいでしょう」

「それで、神祇伯の梓翁さまに……」

「ええ。神祇伯の鶴の一声で、右京区の高台の寺院にも協力していただきましょう。ついでに、懐のほうも頼りにさせていただければ重畳《ちょうじょう》」

木河家の財力をあてにして、洪水対策と地方からの陳情者への炊き出しを一緒にやってしまうつもりらしい。だが、当主が神祇伯であるという理由だけで、木河家がその費用を請け負ってくれるだろうか。

不安が顔に表れた咲耶に、白徳尼が言う。

「すべては交渉しだいです。それに、実現できたところで、救える民はほんの一部にすぎないかもしれません。けれど、何もしないよりはよいでしょう」

「院長さま……」

「寺社の祭りならば、皇帝陛下のお指図を仰がずに催しても問題はありますまい。

忙しくなりますよ。まずは梓翁さまへの交渉です、明日は咲耶さまにも同席していただきますからね」

「もちろんです」

咲耶は深くうなずいて真っ直ぐ白徳尼を見つめた。


翌日、梓翁は午前《ひるまえ》の早い時刻に現れた。

白徳尼とともに出迎えた咲耶を見て、梓翁は白い眉の下の目を細めて嬉しげに言う。

「かの姫君に、またお会いできるとは」

「一昨日は、大変お世話になりました」

頭を下げる咲耶の傍らで、白徳尼が奥へと案内して言う。

「またもやお呼び立てして、申し訳ございません。どうぞこちらへ」

開け放たれた広い一室。普音がお茶を運んできたあと人払いしたので、そこには梓翁と白徳尼、そして咲耶の三人だけが座っていた。周囲を開け放ったままなのは、万が一にも几帳の陰などで盗み聞きされるのを避けるためだ。

「して、相談とは？」

ひととおりの挨拶のあと、梓翁が柔和な笑顔で尋ねた。

白徳尼が、かしこまって事の経緯を説明する。じつは咲耶は洪水の予知夢を見たため帰国したこと、皇帝に面会して報告したが、先日は洪水が「いつ」なのかわからなかったため確たる返答がなかったこと、昨日になってそれが秋季皇霊祭の最終日だとわかったので文で報せたが、対策については不明であること。

「……そうですか。かようなご事情でしたか」

「先日は説明もしないままお手数をおかけして、申し訳ございません」

咲耶の詫びを軽く遮り、梓翁は好々爺然《こうこうや》とした笑みに一瞬だけ真顔を覗かせる。

「いや、隣国からわざわざ帰国なさるほどのことだとは思っておりましたが……そうですか、咲耶姫さまは予知夢を……それは、他言無用でございましょう」

皇帝以外が予知夢を見る、それはへたをすれば政変に関わる重大な事件なのだ。

白徳尼は、念のために朝廷とは別の洪水対策として、高台の寺院に人々を集める祭りと炊き出しを提案し、その根回しと資金の援助をお願いしたいのだと直截的に持ちかけた。

「つまり……大変な秘密を打ち明けたのだから、それにかかる資金くらいケチケチするなと、貴女はそうおっしゃるわけだ」

「はい。こちらの意図を汲んでいただき、話が早くて助かります」

神祇伯と修道尼院院長の駆け引きに、咲耶は目を見張るばかりだ。

「簡単に言ってくれるが、洪水の件を隠したまま人を集めるとなれば、相当な大盤振る舞いを覚悟する必要があるのだぞ」

「ええ。もう日もありませんから、被災が予想される地域を中心に祭りを宣伝する人手も必要ですし。食材の調達も急がねばなりません」

「それを、この老人に請け負えと？」

「お顔の広い木河家ご当主にして神祇伯であられる梓翁さまにしかお頼みできない大事でございます」

頭を下げてお願いする白徳尼だが、話の流れでは優位に立ち続けている。

梓翁はやれやれと吐息を漏らし、それからなぜか慈しむような眼差しを咲耶に向け、ふたたび白徳尼に視線を戻す。

「貴女も昔はもっと可愛げがあったものを……」

「お褒めに与《あずか》り、恐悦至極にございます」

白徳尼はさらりと受け流した。

交渉成立だ。梓翁は立ち上がりながら、思いついたように言う。

「資金については、我々貴族よりも裕福な伊勢《いせ》家や坂東《ばんどう》家にも、なんとか理由をつけて出させることにしよう」

伊勢家と坂東家はともに武門の家柄だが、近年は地方を治める傍らさまざまな産業や貿易にたずさわり、巨万の富を得ているという。

「そこも、梓翁さまにお任せいたします」

「わかった、わかった」

テンポ良く言葉を交わすふたりは、神祇伯と修道尼院院長というだけではない親密な間柄に見えた。不思議そうにふたりを見比べる咲耶に、梓翁がそっと教える。

「白徳尼殿は、出家する前は木河家の縁者だったのだよ。結婚せずに尼僧になりますと言い張って、反対する両親を私が説得してあげたのだ」

「昔のことですよ、恩着せがましくおっしゃらないでください」

冷たく言い放たれ、好々爺は「怖い怖い」と肩をすくめた。それから、冗談を言っている暇はないとばかりに、いとまを告げる。

咲耶も立って見送りに出ようとしたのだが、

「姫君は室内で見送るものですよ」

梓翁はそう言ってその場で会釈し、退室した。

そして簀子から階を下りる途中で白徳尼を振り返り、さらに、そこからはもう見えない咲耶のほうへと目を向ける。

「……懐かしいと感じたのは、私の思い違いではなかったのですね」

白徳尼は真顔になり、かしこまって言う。

「おそれながら、十年前、幼い姫君が予知夢を見ると知った黒曜殿下が、私どもの修道尼院に姫君を託されたのは、私が木河家出身の尼僧だったからやもしれません」

「……そうか」

交わされた囁きは咲耶には聞こえなかったし、聞こえたとしても何のことかはわからなかっただろう。

その後、修道尼院はにわかに騒がしくなった。秋季皇霊祭最終日に備えて、炊き出し用の大鍋や小鉢、大量の米や雑穀、干物や野菜などが運び込まれたのだ。尼たちの中にはじつは楽器や踊りが好きだという者もいて、白徳尼が特別に余興を許可したので、その支度にも大忙しだ。皆、洪水のことなど知らされていないので、急に降って湧いた祭りの話に驚きはしたものの、大変だと言いながらも楽しげで笑みがこぼれている。

咲耶は、外に出て空を仰いだ。

「雲が、気になりますか？」

傍らで尋ねたのは、侍女姿のサードだ。

見上げる空は青く、ところどころに白い雲が浮かんではいるものの、それは雨を降らせるような雲ではない。

「この季節は、野分に襲われることもあるのだけれど」

野分は、白月のころ強い風をともなって雨が降る秋の嵐だ。洪水といえば真っ先に野分を想像した咲耶だが、今は風もない。

「まだ数日先のことですしね。もし洪水がなかったとしたら、それはそれで良かったということで」

励ましてくれているのか、サードは楽天的な口調で言った。

「そうね」

咲耶も同意してふっと笑う。

だが、予知夢は外れないから予知夢なのだ。咲耶の心は重かった。

秋季皇霊祭の四日目、それまで秋晴れの続いていた帝都に、ぽつぽつと雨が降った。とはいえ、それは乾燥し始めた田畑に水を与える「お湿り」程度のものだった。

北の空には真っ黒い雲が見えたが、風は南西から吹いている。その雲が帝都に来ることはあるまいと思われた。

第四章　災厄の日

件の、秋季皇霊祭の五日目。その日も朝からぐずついた空模様ではあったが、大雨の気配はなかった。

修道尼院の厨は、未明から炊き出しの支度に大忙しだ。

「なにか、私でも手伝えることはない？」

咲耶は、大鍋の雑炊に入れる野菜を刻んでいた普音に声をかけた。

「では、あちらの竈《かまど》でお湯を沸かしていただけますか」

「竈に、薪をくべればいいのね」

そう言って、咲耶は竈の前にしゃがんだ。薪をくべた経験はないが、火を絶やさなければ良いのだろうと、赤々と燃える炎の中に次々と薪を放り込む。ほどなく、竈の焚口からもくもくと煙があふれ出て、咲耶は咳き込んで顔を覆った。

「だめだめ、火が消えちまいますよ」

前垂れをした年配の尼が傍に来て、咲耶が入れた薪を次々と放り出す。

「咲耶さま、そろそろ信者さんたちがお見えになるかもしれません。本堂で院長さまを手伝ってさしあげてください」

体よく厨を追い出され、咲耶は本堂へと向かった。

皇霊祭五日目の今日は新たな飾りつけはなかったが、御札を受け取る納所には真新しい白木の木箱が用意されていた。

やがて山門を通り、ぽつりぽつりと御札を手にした人々が現れ、御札を納めて参拝する姿がみられるようになった。

「ご苦労さまです。心ばかりですが、あちらに朝粥を用意しております。召し上がっていらしてください」

白徳尼の言葉に、人々は頭を下げる。厨の外には腰掛けられるように台が置かれ、前垂れをした尼たちが炊き立ての粥を振る舞った。本堂前に設けられた小さな舞台で、紫色の浄衣の尼たちが笛を吹き、舞を踊ってみせている。

しばらくすると、明らかに御札を納めにきた帝都の人々とはようすの違う、薄汚れた衣に髪もほつれ、疲れたようすの者たちが、重い足取りで遠慮がちに山門をくぐってきた。遠くの村から陳情に来て帝都に留まっていた村人たちだ。

尼たちははじめ、少し怖そうに彼らを遠巻きにしたが、

「……どうぞ。少しですが、召し上がってください」

普音が勇気を出してひとりの男に椀を差し出すと、男はありがたそうに押し頂いた。そのようすにホッとして、ほかの尼も見慣れぬ村人に次々と椀を手渡した。

「昼には干し魚や野菜を炊いたものも出ますから、また来てくださいね」

陳情に来たものの、話を聞いてもらえないまま幾日もすごした村人たちは疲れきっていて、粥を食べたあとも境内の隅に座り込んで待つ者が多かった。

その後も、御札を納める人々にまじって、よそ者とわかる男たちが山門をくぐり、粥を食べたあとは同様に境内の隅で座り込んだ。

「あんた、どっから来たんだ？　おらだは、東の山岡郷《やまおかごう》だ。冷害で、年貢どころか妻子に食わせる物もねぇ」

「わしらは西の小浜郷だ。旱魃で、田も畑も干上がってしまった」

見知らぬ者同士、はじめは黙って座っていたが、ひとりが口を開けばそれに応じる者もある。

たまたま通りかかった咲耶が、小浜郷と聞いて足を止める。

「あの……小浜郷からいらしたのですね。茂吉という男の子のご両親を知りませんか？」

「茂吉……？　わしの倅《せがれ》も茂吉だが……」

少し離れて座っていた男が、訝しげに顔を上げて言った。首に、元は紫色だったと思われる汚れて色褪せた布を巻いている。疲れて背中を丸め、髪も顔も埃まみれで老《ふ》けて見えたが、よく見れば三十歳前後のまだ若い男だ。思い込みかもしれないが、目鼻立ちも茂吉と名乗った少年に似ている気がする。

「じつは十日ほど前、小浜郷のあたりを通りかかったとき、茂吉くんに会ったのです。街道沿いに、ひとりで座り込んでいて」

男はわずかに顔を歪ませ、不安そうに声を漏らす。

「ひとりで街道に……それで、あいつは、茂吉は……？」

「出すぎたこととは思いましたが、隣の片瀬村の村長さんのお宅でお世話していただけるようにお願いしてきました。きっと、お父さんの帰りを待っていると思います」

「そうですか……片瀬村に。尼さんに出会って保護してもらえるなんて、これも神さまのご加護か。ありがとうごぜぇます」

男は、紫の浄衣姿で頭巾を被った咲耶を尼だと思ったらしく、両手を合わせて伏し拝んだ。

「去年かかぁが死んじまったんで、兄夫婦に預けて出て来たんだが……あの家は子だくさんだから、遠慮して居づらかったのかもしれない」

「早く迎えに行ってあげてくださいね」

「ああ……そうだな、そうしよう……」

男は遠くを見る目でそうつぶやき、肩を落とした。

帝都の役人に直談判するつもりで意気込んで村を出てきたものの、南白虎門で武器は取り上げられ、大内裏では門前払いされて、金もなく寝るところも食べる物も満足に得られずさまよっていたのだ。いったい何のために家族も田畑も放り出してここまで来たのか……後悔している者も少なくなかった。

「早魃のことは皇帝陛下のお耳にも届いているはずです。きっと、何らかの……」

言いかけた咲耶の肩を、誰かが強く引いた。驚いて振り返ると、

「院長さまがお呼びですよ！」

サードがそう言って咲耶の腕を掴み、有無を言わさず足早に歩き出した。そし

て、男たちから充分離れた厨の裏まで来て、小声で叱咤する。

「同情から無責任なことを言ってはいけませんよ」

「あ……」

「あなたには、為政者の一族だという自覚がないのですか？　頭の中身が見かけどおりの小娘では困ります」

咲耶は目の前の人々を励ましたかっただけなのだが、たしかに言い過ぎたかもしれない。これでは「皇帝の従姉」も「未来の王妃」も務まらないと、咲耶は自省した。

サードは、そんな咲耶に優しい笑顔で言う。

「あなたが愚かだってことは知っていますから、以後気をつけてくだされればけっこうですよ」

「……ねぇ、慰めてくれるなら、ほかに言いようがあると思うのだけど」

「でも、茂吉の父親が見つかって良かったですね。これで、心配事がひとつ減りました」

そのとおりだ。なんだかはぐらかされた気もしたが、咲耶は素直にうなずいた。

時が経つにつれて、境内にはさらに参拝者が集まってきていた。頭上には厚い曇が広がり、ときおり弱い雨が落ちてくるが、今はまだその程度だ。

ホッとして空から視線を戻した咲耶は、厨の裏の井戸の側に懐かしい姿を見つけた。

「……小夏？　手伝いに来てくれたの？」

突然名を呼ばれた小夏はびくりと驚いて振り向き、それが咲耶だと気づいて懐かしそうな笑みを浮かべる。

「宮さん……戻られはったって、ホンマやったんどすな」

「小夏は、今も春陽宮で働いているの？」

「へぇ。春陽宮のお掃除とか、それに紅艶さまのお口利きで宮さんのお母上さんの御用を承ることもありますんぇ」

得意そうに言う小夏に、咲耶は驚いて聞き返す。

「母上の……？」

「まあ、使い走りみたいなことやけど。今日もひと仕事終わって帰ったら、きれいな髪飾りをくださるって言うたはって。ほんま、ようしてもろうてます。これも宮さんにご縁があったからやわ、おおきに、感謝してますぇ」

あの母が娘の縁で小夏を召し使うことに違和感を覚えたが、自分には冷たい母だが、心のどこかに娘を懐かしむ気持ちがあるのかもしれない。そう思うと、正直、嬉しかった。

小夏が、咲耶の後ろに保護者のように立つサードに、ふと目を留めた。

サードはサッと背を向けたが、もう遅い。

「……お隣の王さま……？」

さすがに春陽宮で半月ものあいだ顔を合わせていた小夏は、サードの顔を覚えていたようだ。侍女に扮し女装して化粧をほどこしていても、小夏の目はごまかせない。

「あの……違うのよ、小夏、これには訳があって……」

咲耶は慌てて口を開きかけたのだが、小夏はぷっと吹き出して笑う。

「王さまは美人やけど、背ぇが高すぎますわ。これも今日の余興ですの？」

「…………」

返事に詰まった咲耶を訝しく思うようすもなく、小夏は忙しそうに言う。

「ほな、うちはまだやることがありますよって、また後で」

「あ……ええ、後でね」

慌ただしく走り去る小夏を、咲耶は片手を上げて見送った。このとき咲耶は、サードのことを追及されずに済んで安堵していたので、小夏が何を慌てているのか考えてみようともしなかった。

午が近くなると、少し雨足が強まり、白徳尼が雨宿りに本堂を開放してくれた。それでも参拝者らは遠慮して本堂の中まで入ろうとはしなかったが、回廊などの屋根の下で雨をしのぐことができていた。

そんな中。

「院長さま！」

雨避けの蓑を被って駆けてきたのは、下働きの梅丸だ。今日は朝から白徳尼に命じられて右京区のようすを見に行っていたのだが。

「金川の水があふれて、右京区の五条あたりが浸水しています」

「この程度の雨で、ですか？」

驚く白徳尼に、梅丸が言う。

「はい。鞍鹿《くらか》寺院の院長さまがおっしゃるには、この数日、金川の上流で雨が降り続いていたらしく、そのせいだろうと」

だとすれば、被害はさらに広がるだろう。

鞍鹿寺院は右京区の北の高台に建つ寺院だ。神祇伯梓翁の呼びかけで、今回の件に協力してくれている。

「避難の状況は？」

「はい。事前に山側の寺に集まっていた人も多いし、慌てて逃げてくる人もいますが……皆、洪水など予想もしていなかったので、大騒ぎになっていて……」

すべての人を救えるとは、はじめから思っていない。それでも、被害を目の当たりにしながら報告のために戻ってきた梅丸はもどかしそうに唇を噛んだ。

「ご苦労でした。疲れたでしょう、あなたも厨で何か食べて、少しお休みなさい」

労《ねぎら》われ、梅丸はとぼとぼと厨に向かった。

それからほどなくして、神祇官からの使者が血相を変えて修道尼院に駆け込んできた。

「どうしました、何かあったのですか？」

白徳尼は、人目を避けるために社務所に迎え入れた使者に尋ねた。咲耶も社務所の尼に呼ばれ、白徳尼の隣に座った。

使者はあがった息を整える間もなく、話し出す。

「陛下が……今日はお忍びで伊勢家に御幸なさったと、神祇伯さまから、急ぎこちらにご報告するようにと」

梓翁は、今日は朝から洪水の善後策を話し合うために参内すると言っていた。だが、皇帝はすでに出かけてしまっていたらしい。

「陛下が伊勢家に……!?」

白徳尼も顔色を変えた。

伊勢家は坂東家と並び称される武門の家柄だ。おそらく陳情と称して帝都に押しかける武装した農民たちへの対策の相談に出向いたのだろう。本来であれば伊勢家当主が参内するのが筋だが、裕福な伊勢家は話し合いを口実に皇帝を招いて宴を催し、貴族たちに己の隆盛ぶりを誇示したいのだ。

そのこと自体の善し悪しは皇帝と朝廷の判断だ、神祇伯やまして一介の修道尼院院長が口を挟むことではない。だが、問題なのは伊勢家の所在地だ。

地方を治めて巨万の富を得た伊勢家は、かつて貴族たちの別邸が在った右京区四条の広大な土地に屋敷を構えている。咲耶が洪水の夢で見た西光明院は、まさにそのすぐ裏手だ。

「なんてことを！　……陛下は、咲耶さまの予知をご存知なのにどうして……？」

いや、知っていてもこの空模様だ、予知夢ではなくただの悪い夢だったのだと考え直してしまったのだろう。皇帝ではない者の予知だったのだ、信憑性は低いと思われても仕方ない。

それに、皇帝の傍らには頑として咲耶の予知夢を認めない汀子がいる。そばで始終、咲耶の予知を否定されれば、気持ちが傾いても無理はない。

「それで、金川が氾濫したことについて、朝廷の動きは？」

「氾濫？　金川が？」

白徳尼の問いに、使者は驚いて聞き返した。少なくとも梓翁の供をしていた使者が内裏を出た時点では、朝廷は金川が氾濫したという事実を把握していなかったのだ。つまり、皇帝の安否確認すらできてはいない。

咲耶は思わず立ち上がった。

「咲耶さま？」

「凰輝を……皇帝陛下を助けに行かないと」

「お待ちなさい、危険です！」

白徳尼が強い口調で引き止めたが、すでに咲耶は駆け出していた。

「咲耶さま！」

追いすがろうとした白徳尼が部屋を出たところで、

「私が追います」

部屋の外に控えていたのであろうサードがそう言い、咲耶を追って走り去った。

そんなふたりの後ろ姿を見送り、白徳尼は柱にすがってずるずるとしゃがみ込んだ。

「院長さま？」

社務所の尼が驚いて駆け寄った。

「……私は大丈夫です。どうか無茶はなさいませんように、神さまのご加護がありますように」

床に伏すように祈った白徳尼は、社務所の尼に助け起こされながら使者に言う。

「ご苦労ですが、すぐ内裏に戻られて、金川が氾濫したことをお伝えください」

すでに洛中警護の検非違使《けびいし》から報告が上がっているとは思うが、楽観はできない。それから、傍らの尼に言う。

「境内の催しは続けます。それから、手の空いている者たちだけで、本堂で祈禱をいたしましょう。我々がここでできるのは、神のご加護を願うことだけですから」

「咲耶姫！」

無我夢中で駆け出した咲耶だったが、社務所から山門に辿り着く前にサードに追いつかれ、肩を摑まれた。

「止めないで！　凰輝を助けないと！」

「お止めはしませんが、あなたの足では右京区まで半日かかってしまうでしょう」

サードは歩き慣れていない咲耶を心配して言っているようだった。西海国からの帰国も、はじめの港までの道のり以外はほとんど船と馬に乗っていた咲耶だ。

「それに、無事に伊勢家のお屋敷に着いたとして、そのあとはどうなさるおつもりです？　お屋敷中、もう浸水しているかもしれません」

「伊勢家の手前に、二条の離宮があります。毎年、離宮の池で皇帝陛下が舟遊びをなさるのです。その船に陛下をお乗せして、安全なところにお移しします」

咲耶は凰輝の舟遊びに同席したことはなかったが、前皇帝の時代、帝弟だった父に連れられて離宮の舟に乗ったことがある。美しく彩色された舟で、着飾ったおとなが五、六人乗っていた。

濁流を漕ぎ渡れる舟ではないが、築地に囲まれた伊勢家の屋敷内は、たとえ浸水しても激しい流れに呑み込まれるまでには時間がかかるだろう。大切なのは、一刻も早く手を打つことだ。

おそらく梓翁もすでに何らかの手を打ち、近衛の兵たちが伊勢家に向かっているだろう。

「無駄足になるかもしれませんよ」

「無駄ならば、そのほうが良いのです」

その返事にうなずくと、サードはまとっていた上衣を咲耶の頭に被せ、肩を抱いて足を速めた。昆山のぬかるむ坂道を駆け下り、通り沿いで馬を借りて、小雨の中を一気に西へ駆け抜ける。

咲耶は馬上で上衣に包まれるように抱きかかえられて、ほとんど前が見えなかった。

「サード、二条の離宮がどこか、わかるのですか？」

「黙って。舌を噛みますよ！　先日の地図で、二条のおおまかな位置は把握しています」

その言葉通り、しばし馬を走らせると、ふたりは朱雀大路と二条大路が交差する地点に到着した。そこから二条大路を西に向かった先に二条の離宮がある。

「ここまではまだ、水が押し寄せてはいないようですね」

安堵の色を滲ませて、サードが言った。

空には雲が広がっているが雨はあがっていたので、サードが上衣を肩まで引き下げてくれて、咲耶はようやくあたりを見回した。

二条の離宮の東大門の前に立つと、その通りの南側が水没しているのが見えた。このようすでは、四条の伊勢家はすでに浸水しているだろう。

咲耶は急いで馬を降り、門番に駆け寄る。

「私は宰相宮の娘、咲耶です。皇帝陛下のため、こちらの舟をお出しいただきたく参りました」

門番は突然の高貴な姫の訪問に戸惑いを隠さなかったが、宰相宮の娘と聞いてひとまず門の内に入れてくれた。そこで待っていると、離宮を預かる宮内省の大輔《たいふ》が現れて慎重に言う。

「宰相宮黒曜殿下のご息女は、今、西海国においでと伺いましたが……」

「事情があって、急ぎ帰ってまいりました」

「……あなたさまが、あのお小さかった姫君だと……？」

咲耶を見つめる大輔が、目をしばたたいた。

「……私を見知っているのですか？」

「覚えておりますとも。先代の皇帝陛下が舟遊びをなされたおり、黒曜殿下がお連れになられた幼い姫君を、陛下が膝に抱いてあやしておられました。ああ、たしかに面影が残っておられます」

そんな幼い頃を知られていると思えば面はゆいが、今は一刻を争う。

「この先で金川が氾濫し、浸水しています。じつは皇帝陛下が四条の伊勢家にいらっしゃるので、こちらの舟でお迎えに上がりたいのです」

「陛下が、伊勢家に？」

大輔は眉をひそめて聞き返し、それから中門を開きながら言う。

「こちらの池は金川から水を引いておりまして、先刻から急に水位が上がって庭まであふれるありさまです」

中門から見える池は元の形がわからないほど膨れ上がり、庭の木々も一部は水中から生えているように見えた。池の中ほどにあったはずの小島はほとんど水没し、中央がわずかばかり頭を出している。水が離宮の建物の床下に流れ込むのも時間の問題だ。

「女たちは高台に避難させたところです。ここも、じき水が上がるでしょう。姫君も早くお逃げください」

青ざめた大輔に咲耶は懇願した。

「舟を、お貸しください！」

「……私は陛下からこの離宮をお預かりする身、陛下のご命令がなくては皿一枚持ち出すことはできないのです」

大輔はうつむいて、首を横に振った。


その頃、凰輝は金川の氾濫など知ることもなく、四条の伊勢家の広間でもてなしを受けていた。懸案であった武装した農民たちへの対応についての話し合いは、必要とあらばご命令のままに伊勢家の兵をお出ししましょうのひと言で終了し、その後は歌舞音曲の酒宴へと変わっていた。

凰輝はさほど酒が好きではないが、供として連れてきた側近の者たちが美しい女の酌に顔をほころばせるのを見て、自身も付き合い程度に杯を傾けていた。それに、さすがは手広く国の西を治める伊勢家のもてなしだけあって、膳には内裏では見たこともないような珍しい食べ物が並んでいる。

ときおり、難しい顔をした家人らしき男が伊勢家当主忠守《ただもり》の傍らに来て何やらそっと耳打ちをしたが、忠守はうるさそうにそれを追い払っていた。しかし、それが二度三度と繰り返されると、さすがに忠守もそわそわと落ち着きをなくした。

「何かございましたか？」

皇帝に近侍する蔵人が尋ねると、忠守は、

「たいしたことではございませんが……しばし、失礼いたします」

そう言いおいて、ついに立ち上がって部屋を出た。

そのようすに、凰輝はふと思い出す。

（そういえば、巷では、今日が秋季皇霊祭の最後の日であったな）

民間の行事と違い、宮中の皇霊祭は中日の一日だけで、二日前に滞りなく済んでいた。咲耶の予知夢では右京区が洪水に見舞われるのはこの最終日だと、文に記されていた。多忙に紛れ、つい失念していた。

とはいえ、朝からの雨はさほど強いものではなかった。咲耶の予知夢は正確なものではないのだろう。

退室した忠守は、なかなか戻ってこなかった。

この日はあいにくの空模様だったので、蔀戸の内には簾がかけられ、室内には灯がともされていた。その簾越しに、なにやら騒いでいる人の声が聞こえるものの、言葉までは聞き取れない。

「何の騒ぎでございましょう」

蔵人はそう言い、簾を上げて蔀から外を眺め……絶句した。

一瞬、己は船に乗っていたのだろうかと記憶を危ぶみ、そうではなくて、あたりに満ちた水が緩やかに流れているのだと気づく。その水面に、小雨が降り続いている。

「……いかがいたした？」

皇帝の問いに、どう答えればよいのか、言葉に詰まった。水はまだ床下で、これで留まってくれれば危険はなさそうなのだが……。

こちらへ戻ってきた忠守と、蔀越しに目が合った。

「伊勢殿、この水は……？」

「金川が氾濫したらしいのです。先刻より、水かさが増しております」

動揺を隠せずに、忠守が打ち明けた。

伊勢家は多くの家人を抱え、軍馬も所有している。そのほとんどは洛外の下屋敷にいるのだが、忠守の家族や側近、お気に入りの馬たちは四条のこの屋敷で暮らしている。金川氾濫の一報を受けてすぐ馬たちだけは高台に移動させたが、まさかこれほど水が上がるとは考えていなかった。この屋敷も貴族たちの屋敷同様、床は高いが造りは平屋だ。水が床上にまで上がれば逃げ場はないし、そこまで水位が高ければ建物ごと流される危険もある。

「陛下の牛車は使えませんので、今、輿を用意させております」

忠守が、暑くもないのに額に汗を滲ませて言った。

水位が腰丈に満たない今ならばまだ、壮健な男たちなら水を漕いで歩いて移動できるが、まさか皇帝にそのようなまねはさせられない。輿を数人の男たちに担がせて安全な場所にお移ししたいのだが、あいにく伊勢家に輿などなかった。急ぎ使いを出して内裏から輿を借りてくるよう命じたが、状況は刻一刻と深刻化している。いっそ輿を待たず、戸板にでもお乗せして避難していただいたほうが良いのかもしれない。

(だが、かようにぶざまな真似をしては、伊勢家末代までの恥じゃ……)

裕福な伊勢家を成り上がり者と蔑む貴族たちからも、何を言われるかわかったものではない。

「殿、奥方さまや姫君たちだけでも先に戸板でお運びしたほうが……」

「愚か者！　皇帝陛下より先に逃げ出す不心得者があるか」

進言した家人を、忠守は一喝した。

廂から見える伊勢家の築地に、どこからか流れてきた樹木がばさりと音を立ててぶつかった。水の流れが、こころなし速まっている気がする。

「……もう待てぬ。中門の扉を外して、畳と褥を敷いて輿の代わりにしよう。屈強な者たちを集めよ」

思いつく限り、中門の扉がこの屋敷でいちばん大きな戸板だった。

男たちが水に浸かりながら、中門の扉を外しにかかった。

そのとき、

「失礼いたします。こちらに皇帝陛下はいらっしゃいますでしょうか」

東の正門の外から、若い女の声がした。

「何者だ？」

「二条の離宮より、陛下をお迎えする舟をお借りしてまいりました」

女は名乗らず、用件のみを答えた。平素であれば門前払いするところだが、舟と聞いて門番は迷わず正門の扉を開いた。水で膨れた門扉は重かったが、男ふたりがかりで門は開け放たれた。

開かれた門から、褐衣の男たちに綱で引かれた美しい彩色の舟が入ってきた。舟上には、なぜか浄衣姿の少女と異国風の装束の女が乗っている。

「陛下は寝殿においでですか？　案内してください、急いで」

浄衣の少女に言われるままに、伊勢家の男たちは舟を寝殿の前へと導いた。

「咲耶……？」

廂に立ち、湖と化した庭を呆然と眺めていた凰輝は、水に浸かって歩く褐衣の男たちに引かれてこちらに向かってくる見覚えのある舟に目を留め、さらにその舟上に浄衣姿の咲耶の姿を認めて目を見開いた。

「陛下、ご無事でしたか！」

「咲耶、どうして……」

凰輝はその姿をあっけにとられて見つめた。

「二条の離宮の大輔を叱らないでくださいね。私が無理を言って、この舟をお借りしてきたのです」

皇帝の許可なく船を出すわけにはいかないと言い張る大輔に、咲耶は皇帝の生命と規則のどちらが大事だと詰め寄り、なかば言い負かすようにして舟を出させたのだ。強引なやり方を申し訳ないとは思ったが、皇帝の生命には代えられない。

ふたたび降り出した小雨に、長い黒髪も紫の浄衣もすっかり濡れていたが、咲耶はまるで気にしていなかった。褐衣の男たちに指示して、舟を階の側につけさせる。

「陛下、どうぞこちらへ」

凰輝は言われるままに廂から階へと向かい……そのとき、どこからか赤子の鳴き声が聞こえてきた。咲耶も、声のするほうへ視線を向けた。どうやら西の対屋で赤子が泣き出したらしい。慌ててあやす女たちの声も聞こえる。この屋敷には、まだ女子供も残っているのだ。

「……朕は、行けない」

「陛下？」

「子供や女たちを先に舟に乗せなければ」

凰輝の言葉に、簀子に立つ忠守が恐縮して言う。

「なんともったいなきお言葉。されど、あれは私どもの孫や娘たちです。どうぞお気になさらずに、舟にお乗りください」

「しかし……朕は皇帝だ。朕の民を残して自分だけ逃げるわけにはいかない」

舟は六人も乗ればいっぱいになる大きさだ。目の前には凰輝らをもてなしていた女たちだけでも三人いるし、西の対屋にいる赤子や子供、それに女たち……小さな舟一艘ではどうにも足りない。

皇帝の供をしてきた側近の者たちは、困って顔を見合わせた。彼らは皇帝の言葉には逆らえないのだ。とはいえ、みすみす皇帝を危険な目に遭わせるわけにもいかない。こうしているあいだにも、水かさは刻一刻と増している。

見かねて、咲耶が口を挟む。

「どうかこの舟にお乗りください、陛下。まず陛下が避難してくださらなければ、他の者たちは逃げたくても逃げられないのです」

凰輝は、はっとして咲耶を見た。

「あぁ！」

突然、舟が大きく傾いて体勢を崩した咲耶が落ちそうになった。とっさに傍らのサードが抱きとめたが、水面が大きく揺れて飛沫《しぶき》が上がり、舟の中にも水が入った。皇帝を乗せるために舟を階に近づけようとしていた男たちが、水没して見えなかった前栽や庭石に足をとられたのだ。

すでに、舟を引いている男たちは腹のあたりまで水に浸かっていた。築地の外は、ここより流れも速いだろう。この小舟で皇帝を安全なところまで運べるかどうか、怪しくなってきた。

一刻も早く舟を出すべきなのか、屋敷が流されないことを信じて留まるほうが良いのか、判断の難しいところだ。誰も結論を出せずに黙り込む中、

「おーい、親父殿、まだ逃げてなかったのかぁ？」

緊張感に欠ける大きな声が、響いてきた。

見れば、行儀悪く築地の上に乗って手を振る人影がある。

「清守《きよもり》、帰っていたのか？」

忠守の問いかけに、清守と呼ばれた若者は、猿のように身軽に車宿の屋根をつたって細殿に降り立ちながら、楽しげに言う。

「いつものように金川を上ってきたら、見事に氾濫していたからな。ここが心配で、船は下屋敷に残して小舟だけで来てみたんだ。すごいな、通りが水路になってる」

「これ、清守、皇帝陛下の御前だぞ」

水害を見てはしゃぐ子供のような若者を、忠守は慌てて諫めた。そして凰輝に向き直り、あらためて頭を下げる。

「倅の清守でございます。都を離れて暮らしておりますもので、不調法者に育ってしまいました、どうぞご容赦を」

その間にも渡殿の欄干を跳んで寝殿の簀子に降りた清守は、皇帝の前にひざまずこうとして、ふと舟上の咲耶とサードの姿に目を見張った。

「……おまえら……あの時の」

「……若頭さん……？」

清守は、西海国から乗った船で「若頭」と呼ばれていた若者だった。

短く口笛を吹いた清守は、忠守がその無作法を咎めるより早く、

「申し訳ありませんが、ご挨拶している時間も惜しい。門の外に小舟を四艘待たせています。陛下にはこちらの舟で門の外に出ていただいて、俺の小舟に移ってください」

そこまでは凰輝に向かって、清守としてはかなり丁寧に、そのあとは顔を上げて屋敷中に響き渡るような大声で言う。

「女子供は、男たちが背負うなり戸板に乗せるなりして、門の外の小舟に乗せろ。今ならまだ伊勢家の男なら自分で歩ける。急げ！」

号令する声は、さすが武門の伊勢家の御曹司だ。

その後、清守は咲耶の側に来てこっそり尋ねる。

「あんた、ただ者じゃねぇとは思ってたけど、何者だ？」

「……陛下の従姉です。咲耶といいます」

ここで隠しても仕方がないので、咲耶は正直に答えた。

「咲耶姫さんかぁ、縁があるな。髪も衣も濡れて張り付いて、けっこう色っぽいじゃねぇか。なあ、そっちの保護者の兄ちゃんもそう思うだろ？」

清守は、いたずら小僧のように、ニッと笑った。

咲耶は思わず赤面しながらも、この非常時に何をふざけているのだろうとそっぽを向いた。兄ちゃん呼ばわりされたサードも、肩をすくめただけで相手にしなかった。

いつのまにか清守の部下の男たちが水の中を歩いて来ており、咲耶らが乗ってきた舟に皇帝や側近の者を乗せた。咲耶は遠慮して舟を降りようとしたのだが、

「あんたは降りちゃダメだろ」

清守に引き止められた。同時に、サードがするりと舟を降り、褐衣の男たち同様に水に浸かりながら舟を門のほうへと引いて歩いた。

門の外に待たせてあった舟は、いずれも小舟とはいえ内海や川で荷物を運べる大きさがあった。操る男たちは慣れた船乗りで、乗り移った一行はほどなく安全な陸地に降り立つことができた。

その頃には内裏から近衛の兵たちが輿を用意して迎えに来ていて、皇帝は無事に内裏に帰還したのだった。

「…………」

凰輝の一行を見送り、咲耶は安堵すると同時に、やるせない気持ちになった。

サードが尋ねる。

「どうしました？」

「べつに……ただ、なんだか私、空回りしていると思って」

言葉にすると、胸につかえた感情が見えてくる。

「だって、私が借りた舟なんか役には立たなくて、伊勢家の御曹司がちゃんとした舟で助けに来て……」

思い出した。西海国から船に乗ろうとしていたとき、船団の帆に揃いの紋章が入っていた。見覚えがあると思ったのは、あれが伊勢家の家紋だったからだ。

「伊勢家のご子息が駆けつけてくれたのは、運が良かっただけです。結果として皆無事に避難できたのは、咲耶姫さまをはじめ、それぞれが最善の道を選ぼうとしたからです。それに、『無駄ならば、そのほうが良い』のでしょう？」

たしかにそう言ったのは咲耶自身だし、その思いに嘘はないが。

（…………）

サードが、ふっと微笑んで咲耶の頭を撫でる。

「人の考えることと感情は、かならずしも一致しないものですからね」

自分の頭の中をサードに言い当てられたのが面白くなくて、咲耶は黙って口を尖らせた。

その後、咲耶とサードは二条の離宮に寄って、預けてあった馬に乗り、鞍鹿寺院に立ち寄った。

鞍鹿寺院では本堂も宿坊も開放し、避難してきた人々はそこで不安そうに雨宿りしていた。わずかずつだが温かい食べ物も振る舞われている。家はどうなったかわからないが命があってよかったと感謝する者もいれば、足の不自由な老人を家に残してきてしまったと後悔する者もいる。洪水が来ると知っていれば、家財道具も持ち出したのにとぼやく者もいて、咲耶は、予知を報せずに人々を集めたのは間違いだったのだろうかと胸を痛めた。

「人が人のためにできることなど、わずかなものです。それでも、何もしないよりずっといい。今日何も知らずにここに来て、命拾いした人も多いはずです」

鞍鹿寺院の院長は、うつむく咲耶にそう言った。

雨はあがり、西の空には雲の切れ目も覗いている。

ようすを見に行った僧の報告では、増水し続けるかに見えた金川の水もそろそろ落ち着きを見せはじめているようだ。水が引くには時間がかかるだろうが、被害が拡大することはないだろう。

咲耶は鞍鹿寺院の院長に協力の礼を述べて、昆山の修道尼院に引き返した。鞍鹿寺院のある右京区と違い、艮山側の左京区に洪水の影響はなかった。まだぬかるむ坂を登りながらも、咲耶はすでに一段落した気になっていた。日はまだ傾きかけたばかりだが、長い一日がもうじき終わる。そう思った。

山門に近づくと、もう楽器の音などは聞こえなかったが、いつも静かな修道尼院から人々の声が聞こえてきた。まだお祭り気分で残っている者たちがいるらしい。そう考え、咲耶は口元に笑みを浮かべた。

だが、サードとともに山門をくぐり、違和感を覚えた。雨はあがっているのに、まだ明るい境内に人の姿はほとんどなかった。聞こえてくるのは、緊迫したやりとりの声と、低いうめき声、泣き声のようなものも混じっている。

(何があったの？)

鐘楼前の一画に、なぜか筵《むしろ》が並べられていた。凹凸のあるその形は、まるで大勢の人が横たわった上に筵を掛けたかのようだ。よく見ると筵の端から泥だらけの足が覗いていた。病人や怪我人なら、こんな場所に寝かせるはずがない。彼らはすでに亡くなっているのだ。

咲耶は息を呑んだ。

（……どうして？　だって、こちらまでは水も上がってこなかったのに……）

合掌してその脇を通り過ぎようとしたとき、たまたま胸までしか筵の掛けられていなかった遺体の顔が見えて、咲耶は凍りついた。

仰臥《ぎようが》する血の気のないその顔は、今朝話をしたばかりの茂吉の父親だった。

悲鳴を上げそうになり、両手で口を覆う。

サードが、そんな咲耶の肩を強く引き寄せ、足を速めた。

本堂の廂に、尼たちの姿があった。院長の白徳尼が、忙しく尼たちに何やら指図している。床の上には、力なく横たわる者、体をくの字に曲げてうめき声を漏らす者……。

「院長さま？」

「咲耶さま！　おお、ご無事でしたか……」

白徳尼は欄干に体を預けるようにして、震える声でそう言った。

「これは、いったい……？」

「わかりません。どうやら、井戸の水が悪かったようなのですが……」

「水が……？」

ここでは顔を洗うにも煮炊きするにも、厨の裏の井戸の水を使う。今朝も咲耶は井戸の水で顔を洗い、朝粥を食べたが、何の問題もなかった。

サードが履物を脱いで階を上り、横たわる者たちの枕元に膝をつき、そのようすをじっと見つめて言う。

「……毒ですね。井戸の水が原因だというのなら、何者かが毒を入れたのでしょう」

驚く咲耶の後ろで、白徳尼が顔を強張らせた。

「すみま……ん、私が、早く、気……ついていれば……」

消え入りそうな声で、本堂に寝かされていた尼が詫びた。普音だ。咲耶は駆け寄って、傍らに座った。

最初に具合が悪くなったのは、厨で調理を担当していた普音ともうひとりの尼だった。ふたりとも早朝から大鍋を火にかけて忙しく煮炊きしていたので、疲れが出たのだろうと、誰もが軽く考えていた。

その後、昼になって参拝者らに煮物や汁物が振る舞われ……異変が起きた。さっきまで楽しげに飲み食いしていた者たちが、とつぜん苦しみ出したのだ。膝を折って嘔吐する者、それもできずに胸をかきむしる者……声にならない呻きが地を這い、あたりの景色まで一変したかのようだった。

はじめは、うまく吐けない者には水を飲ませて吐き出させようとしたのだが、それがいけなかった。尼たちの手を借りて水を飲んだ者は、直後に硬直し、呼吸もできずに激しく震え、そのまま倒れて息絶える者もいた。

亡くなった者の多くは、地方から陳情に来ていた農民たちだった。幾日も食べるものも寝るところもない暮らしで弱っていた彼らには、毒に耐える体力がなかったのだ。

普音らは、調理中に味見をしていて具合が悪くなったのだろう。口にした量が少なかったおかげで、重症化をまぬがれた。

「……手伝ってください」

難しい顔をしていたサードが、咲耶の腕を摑んで立ち上がらせた。その足で、修道尼院の裏の山へと入って行く。

雨はあがったとはいえ、地面はぬかるみ、足元の草は濡れている。

「待って、どこへ行くの？」

咲耶の問いには答えず、先を歩いていたサードは、ふと足を止めて低木に絡んだ蔓を摑んで引いた。

「サルトリイバラですよ。この葉を解毒に使います。棘があるから、気をつけて」

ようやく意図を理解して、咲耶は言われたとおりに葉をもぎ取った。棘で手や指を傷つけてしまったが、かまってはいられない。ふたりは草の露で衣が汚れるのもかまわず、両袖の袂に葉を詰め込んだ。

「問題の井戸のほかに、水はありませんか？」

「向こうに、湧き水があります。量が少ないので、普段は神さまに捧げる分だけを汲むのですが」

岩と岩の間から、透き通った水が湧き出ている。それを手桶に汲んで、ふたりは厨に向かった。

厨は、竈の火だけは灰を被せてあったが、煮物の残る大鍋はまだ放置されていた。見た目はおいしそうで、毒入りだと知らなければうっかり食べてしまいそうだ。

摘んできた葉を少量の水で洗い、棚に伏せてあった鍋に入れて煎じる。やがて癖のある香りが湯気とともに立ったが、嫌な匂いではなかった。とはいえ、鍋を覗き込むといかにも苦そうな色をしている。

「もう少しだけ煮詰めますから、外の空気を吸っていらしていいですよ」

サードに言われ、咲耶は厨から出て大きく息を吸った。厨の中はまだ食べ物の匂いが立ち込めていて、それが毒を含んだ食べ物だと思うとどうにも息苦しかったのだ。

それにしても、誰が何のために井戸に毒など入れたのだろう。咲耶には想像もつかないし、そのせいで、せっかく来てくれた人々や修道尼院の皆が倒れたのだと思うと、怒りと悔しさに眩暈《めまい》がしそうだ。

(茂吉くんのお父さんだって、もうすぐ帰るはずだったのに……)

ここへ来たばかりに、命を落としてしまったのだ。

(私のせいだ。私が、人を集めようとしなければ……)

泣きそうになり、咲耶はキッと唇を引き結んだ。

厨の裏の井戸は、いつもと変わらぬ佇まいだ。そっと覗きこんでも、底には水が見えるだけで、毒が入っているかどうかなどわからない。

視線を上げると、その先の草むらに何か落ちているのが目に付いた。竹の皮のようだ。

（こんなところに……？）

近寄ると、さらに先の草の陰には、なぜか食べかけの屯食《とんじき》が転がっていた。屯食は、蒸した米を丸めた携帯食だ、おそらく誰かが竹の皮に包んで持ってきたのだろう。

そして、その先の斜面に、頭を下にして少女が倒れていた。

その衣に、見覚えがあった。

（……小夏……？）

今朝、久しぶりに会った小夏。まさか、小夏も井戸の水を飲んだのか。

咲耶は恐る恐る斜面をおりて、小夏を覗き込み、

「こ、小夏！」

名を呼ぶ口が、歯がぶつかり合うほどガクガクと震えた。

小夏の唇は紫色に膨れ上がり、顔はすでに死者の土色だった。

「どうしました？」

サードが、厨から駆けてきた。咲耶の視線を辿り、それから慎重に小夏を見下ろす。

「今朝の娘ですか。春陽宮で働いていた」

「ええ……小夏は、私がまだこの修道尼院にいたときから側で世話をしてくれていて。よりによって、こんな日に戻ってきて、巻き込まれてしまうなんて……」

「……この娘は、おそらく井戸の水は飲んでいませんよ」

「え……？」

サードが指差した先には、竹で作られた水入れの筒が転がっていた。

「それに、厨で作った食べ物も食べてはいないでしょう。それらしい器が見当たりませんから。厨で味見くらいしたかもしれませんが、ほかの尼のみなさんも味見くらいの量では亡くなっていませんからね」

「それなら、どうして……」

納得できずに目を見張る咲耶に、サードは眉をひそめて語る。

「食べかけの屯食が落ちています。おそらく、持参した水かこの屯食に、致死量の毒が仕込まれていたのでしょう」

「どうして、誰がそんなことを……」

あの小夏が自殺したとは思えない。だとすれば、誰が何のために小夏に毒入りの水や屯食を持たせたのか。

「以前ここで働いていたのなら、わざわざ水入れを持参する必要はないはずですよね。この井戸の水があることを知っていたのですから」

「……ええ、そうよね……」

「なのに水入れを持参したのは、井戸の水を飲めないと知っていたから」

つまり、小夏は井戸水に毒が入れられると知っていた。さらに言えば、小夏こそが井戸に毒を入れた犯人である可能性が高い。犯人だからこそ、水入れと屯食を持参した。

咲耶は頭を左右に振った。

「そんな……だって、小夏にはそんなことをする理由がないわ」

「ええ、本人の意思ではないでしょう。誰かに命じられて、深く考えもせずに言われるままに、たいした毒だとも思わずに井戸に入れたのかもしれません」


小夏に用事を言いつける人物といえば、今ならば春陽宮の紅艶だろうか。

（そう言えば、母上の御用を言い付かることもあると……）

今朝の会話を思い出し、咲耶は愕然とした。小夏は、今日も咲耶の母に言われて来たのだと言っていなかったか。

（まさか、母上が……？）

何のために……？

秋季皇霊祭五日目の今日、ここで催しをすることは神祇官を通じて朝廷にも報告は入っているはずだ。けれど、おそらく女官長の汀子は寺社の行事になど興味はないし、朝廷の懸案である地方から上洛した農民たちがここに集まるかもしれないなどとも考えてはいないだろう。厄介な農民たちを一掃するため毒を盛った、とは思えない。

(私が、ここに戻ってきたから……?)

(母上は、私が目障りで……)

ひと気のない草の斜面で息絶えていた小夏。井戸に毒を入れるよう命じられ、ひと仕事終えて、昼食にと持たされた水か屯食で口封じされたのか。

(違う……違うわ。母上はそんなことはなさらない)

否定しても、否定しても……母の冷たいまなざしを思い出し、心が凍りそうになる。

(……でも、もし、そうだとしたら……)

そんなことのために、小夏は殺されたのか。

(私のせい……)

(私が、母上に嫌われているから……)

息が詰まり、見開いた瞳からとめどなく涙があふれる。

「ごめんね、小夏……ごめんなさい……」

亡骸《なきがら》に取りすがろうとした咲耶の肩を、サードが強く摑んで引き止めた。

「触れてはなりません」

「え……？」

「報告が先です。それから人を呼んで、ほかのご遺体のところへ運ばせましょう。浄衣の咲耶さまが触れるのは、好ましくありません」

すでに雨に濡れ泥だらけの浄衣だが、神に祈りを捧げる衣であることに変わりはない。

「戻りましょう。今はまだ、すべて憶測でしかないのですから」

サードは冷静に言い、取り乱す咲耶をその場から引き離した。咲耶は後ろ髪を引かれる思いで振り返りながらも、サードに肩を抱かれて本堂へと向かった。

これだけの死者を出したのだ。神祇官に報告し、原因を究明しないわけにはいくまいと思われた。

第五章　決意

良山の修道尼院では、秋季皇霊祭五日目の催しに集まった地方の農民たちの大半が亡くなってしまうという大惨事を招いた。それは大変不幸な出来事であったが、一方で尼たちや近隣の信者の多くは解毒剤の効果もあって、数日で回復して日常の生活を取り戻していた。

朝廷からは神祇官を通して役人が派遣され、厨と井戸を中心に捜査が行われた。

小夏の亡骸の懐からは、毒草の粉末が付着した御料紙が発見され、その紙に包まれた毒が井戸に入れられたのだろうというのが役人たちの見解だった。しかも御料紙は薄漉きの貴重なもので、小夏のような者が容易に手に入れられる品ではない。首謀者を特定する重要な手がかりになると考えられた。

しかし、その翌日。

「……このお達しは……」

修道尼院の本堂で神祇伯の梓翁から手渡された書面を見て、院長の白徳尼は訝しげに眉根を寄せた。

「捜査は終了。こたびの騒動は、修道尼院の不注意による食中毒であった。以後気をつけるようにとの厳重注意だそうだ」

口の端を皮肉に歪め、梓翁が返答した。

朝廷による捜査は、打ち切られた。裏を返せば、真相を究明されては都合の悪い者が朝廷内で権力を握っているということだ。

「これでは……逆に、かのお方の仕業だと証明されてしまったようなものですね」

「そう解釈するしかあるまいな」

肩を落とした白徳尼に、梓翁もうなずいて吐息を漏らした。あの漉き紙は、女官長の汀子が好んで使っているものだ。やはり、汀子が咲耶を毒殺するために小夏を捨て駒にしたのだ。間違いであってほしかったが、その願いは叶わなかった。

梓翁は視線をめぐらせて尋ねる。

「姫君は、どうなさっておられます？」

「元気そうに振る舞われていますが……」

白徳尼は痛ましげに視線を外に向けた。

咲耶は今、回復した普音らを手伝って、厨で夕餉《ゆうげ》の下ごしらえを教わっている最中だ。慣れない包丁を手に不器用に野菜を刻む姿は、いかにも無理をしていて危なっかしいが、誰もそれを止められずにいた。

母親に命を狙われ、そのために関係のない多くの者たちを死なせてしまったのかもしれない。その悲嘆と罪悪感に押し潰されまいと必死だった。気を緩めれば、泣き崩れて立ち上がることもできなくなるだろう。

洪水の日以来、咲耶はほとんど眠れていなかった。体は疲れきっていて、早く寝床に横になるのだが、亡くなってしまった農民たちの姿や父を待っていた茂吉の顔、小夏と最後に交わした会話や死に顔がまぶたの裏に次々と蘇ってしまうのだ。

やっとまどろみかけると、頭の中で誰かが、

『すまぬ……吾子《あこ》よ、すべて朕の過ちのせいだ』

と詫びる。

（誰……何のこと？）

驚いて目を開けるものの、枕元では白いユキが青い瞳で心配そうに咲耶を覗き込

「咲耶姫さま次第ですが、それが良いかと考えております」

「……あなたは、西海国に咲耶姫さまを連れ帰るのですかな」

戸口にいたサードが、気づいて頭を下げた。梓翁も会釈を返す。

梓翁は帰り際、厨の前を通った。


件の井戸は汲み出して洗浄したが、まだしばらくは使えないため、飲み水や調理用の水は裏山の湧き水を汲んで運んできている。掃除や洗濯の生活用水は、雨どいからの水を桶に溜めて使うことにした。不便で手間はかかるが、尼たちは文句も言わずに助け合っている。

そんな咲耶を、サードは厨の戸口に背を預け、手伝うでもなく見守っていた。


懐かしい声だと感じるのだが、咲耶の父、宰相宮黒曜の声ではない。それでも、悲哀を帯びた苦しげな声は、目が覚めても耳から離れなかった。気丈に厨で働く今も、その声、その言葉が耳を離れない。

これまで見た予知夢は、キラキラと輝く光の粒が視界に舞っていた。けれど、これは声だけなのだ。

（予知夢……？　いいえ、違う……）

んでいるだけだ。

「よろしくお願いいたします」

年配の高官に丁寧にお辞儀をされ、サードは戸惑いながらもお辞儀を返した。神祇官の官吏を従えて山門を出る梓翁の後ろ姿を見送りながらも、どうして彼がそのような挨拶をしたのかわからず、サードは違和感を覚えていた。

（まるで、咲耶姫さまの身内のように……？）

梓翁がこの国の高官だからだろうか。おそらくそうなのだと思い、サードはふたたび咲耶に視線を戻した。

その夜、咲耶はサードとともに白徳尼の部屋を訪ねた。

「神祇官から、捜査の報告があったのですよね」

昼間、梓翁が訪ねてきたのはその件だろうと、咲耶はずっと気になっていたのだ。

白徳尼は、静かに告げる。

「ええ。一連の騒動は、この修道尼院の不注意による食中毒です。以後気をつけるようにとの厳重注意をいただきました」

咲耶もサードも、その言葉に驚いて口を閉ざした。小夏が井戸に毒を入れたらしいことは、ほぼ事実として確認されていたのではなかったのか。それなのに、どうして……。

「事実を明らかにされては都合の悪い方が、殿上にいらっしゃるのですね」

ややあって口を開いたサードの追及に、白徳尼は苦笑してうなずいた。そして、咲耶に視線を戻して言う。

「この件は、これで落着です。右京区の水も、あらかた引いたと聞きました。咲耶さま、異国よりご足労いただき感謝いたします。どうぞ、安心して西海国にお戻りください」

「……私は、この国に帰国してはいけなかったのでしょうか」

「咲耶さまのおかげで、右京区の民の多くの命が救われました」

「でも、水害のことを言えなかったばかりに、救えない命も少なくなかった。それに……たぶんそれ以上に多くの人が、私のせいで、毒を口にして死んでしまいました。小夏、小夏だって……」

その名を口にしたとたん、咲耶は耐え切れずに涙をこぼし、両袖に顔をうずめてしまった。泣くまいと思っていた。人々を死なせてしまった自分には、泣く権利などないと思っていた。それでも、あふれる涙を押しとどめることができなかった。

「咲耶さまの罪ではありません！」

いつになく強い口調で、白徳尼が断言した。

「罪深いのは汀子さまであって……」

激昂して口を滑らせ、白徳尼は「あっ」と声を漏らして、顔をそむけた。

咲耶が、ゆっくりと顔を起こす。わかっていたつもりでも、はっきり名前を聞いたとたん、胸がズキリと痛んだ。母上が、涙を拭い、震える声を絞り出す。

「やはり、母上なのですね。母上が、私を亡き者にしようとして……」

否定できずに、白徳尼は言う。

「汀子さまは規律を重んじる、気性の激しいお方ですから。皇帝の凰輝さま以外の誰かが予知夢を見るという事実が、許せなかったのでしょう」

「多くの人たちを巻き添えにしてまで殺したいほど、私を憎んでおいでなのですね」

井戸に毒を入れるとは、そういうことだ。もし秋季皇霊祭の催しがなければ、きっと尼たちが死んでいた。

咲耶はふたたび口を開きかけ、言うべきか否か迷い、そして、やはり聞いておこうと決意する。

「院長さまならご存知ですよね。私は……母上の娘ではないのですね？」

「……なにを……」

「それとも、予知夢を見るような気持ちの悪い娘は、実の子であっても生かしてはおけないと、母上はそう考えておいでなのでしょうか」

白徳尼は目を閉じ、何かを迷い、考えているふうだった。

沈黙が、とても長く感じられた。

返事を待ちきれず、咲耶は言う。

「それに、予知夢だけではありません。私は……この数日、夢の中で、そこにはいない誰かの声を聞いています」

「声？　予知夢ではなく？」

白徳尼は驚いて聞き返した。

サードも初耳だったらしく、傍らの咲耶を見下ろしている。

咲耶は言う。

「はい。姿は見えないのですが、男の人の声で……」

「……何か、お話をなさいましたか？」

「話というか……私を『吾子』と呼び、すべては自分のせいだと詫びるのです」

白徳尼は、こぼれ落ちるのではないかと思うほど目を見開き、それから両手で顔を覆って低くつぶやく。

「おぉ……陛下……」

「院長さま……？」

咲耶の呼びかけにも、白徳尼はしばらく応じられないようすだった。

ややあって、ようやく顔を起こして居住まいをただす。

「咲耶さま、私が繰り返しお話ししたことを、覚えておいでですか？　お小さかった咲耶さまが予知夢を見るたびに、私は申し上げました。真秀皇国において、皇帝は神に選ばれた唯一無二の存在です。皇帝には神獣のユニコーンが付き従い、予知夢を見せます。さらに、皇帝は夢の中で歴代の皇帝と言葉を交わすことができるのです」

それは咲耶も覚えているが……では、夢の中で語りかけてきたのは、亡くなった先代の皇帝だとでもいうのだろうか。咲耶は皇帝ではないのに……？　白徳尼の話の意図がわからず、咲耶は黙って続く言葉を待った。

白徳尼は言う。

「私どもは一介の修道尼にすぎず、真実は何も知らされてはおりません。されど、せめて私が知っていることのすべてを、お話しいたしましょう。あなたさまには知る権利があります。いいえ、おそらく、知るべきなのです」

あらたまったそのようすに、サードは遠慮して立ち去ろうと腰を浮かせた。察した咲耶が、とっさに腕を摑んで引き止める。サードは咲耶を見て、それから白徳尼に伺うように視線を移した。

白徳尼としては、この異国の者に国の内情を知られてよいものかどうか、迷うところではあったが……当の咲耶が情報を共有したがっている。真実を知ることが恐ろしく、その重荷を分かち合ってくれる者を無意識のうちに求めているのだ。そう察して、白徳尼は腹を括ってサードにうなずき、打ち明ける。

「ことの始まりは、前《さき》の皇帝陛下が崩御された直後のこと。黒曜殿下が、幼かった咲耶さまをこの修道尼院に連れて来られ、殿下の屋敷では育てられぬのでこちらで養育してほしいと仰せになられました。詳しい事情は伺いませんでしたが、私は木河家の出身です、そのとき姫君のお顔に亡き皇妃樫子さまの面影を見出し、黙って承諾いたしました」

「皇妃さまの……？」

思いがけない話に、咲耶はただ驚いて鸚鵡《おうむ》返しに口にした。白徳尼は深くうなずいて続ける。

「幼かった咲耶さまは、予知夢を見ては無邪気にお話しなさり、その話の中で、前の皇帝が崩御なさる前にもその死を予知夢で知っていたことを語られました。私は確信すると同時に、秘密を隠し、この姫君をお守りするのだと覚悟を決めたのでございます」

「秘密……」

「はい。寿鳳陛下が樫子さまを寵愛なさるあまり、ほかの女人を寄せ付けなかったのは広く知られるところでございます。樫子さまが凰輝さまを産まれてすぐ儚くなられたため、寿鳳陛下の御子さまは凰輝さまおひとりです」

それは皆が知っていることだ。白徳尼は咲耶を見つめ、唇を湿らせるように一度引き結び、それから口を開く。

「もし……樫子さまの御子が、皇子ではなく皇女であったのなら……」

「…………」

「樫子さまご出産の二日前、黒曜殿下にも御子が生まれています。その子が男児であったなら。前例を重んじる真秀皇国に、女帝はおりません。寿鳳陛下は、自らがこの先ふたたび御子に恵まれることはないと判断なさり、皇女と甥を入れ替えて、後継者の問題を事前に回避しようとなさったのではありますまいか」

咲耶は、驚きのあまり言葉もなかった。

真秀皇国の皇統規約では、女帝を否定してはいないが、実際、女帝の前例はないのだ。生まれたのが皇女であれば、寿凰の危惧もうなずける。

白徳尼は言う。

「そうであれば、咲耶さまが予知夢を見る理由も、そして亡き寿鳳陛下が夢で詫びられる理由も、わかります。誇り高い汀子さまが凰輝さまの乳母をお引き受けになったことも、その後も女官長として凰輝さまのお側を離れないのも……」

長じてますます面差しが樫子に似てきた咲耶を毛嫌いする理由も、それですべて説明がつく。

白徳尼は、前の皇帝が崩御した直後を「ことの始まり」と言ったが、それは白徳尼にとって、という意味だ。すべては樫子が皇女を産んで亡くなったとき、あるいは寿鳳が樫子ひとりを寵愛したときに始まっていた。

「汀子さまは……おそらく、凰輝陛下の帝位を脅かす者として、咲耶さまを警戒なさっておいでなのです」

「私は、皇帝になりたいなどと考えたこともないのに……」

「けれど、予知夢をご覧になります。咲耶さまが寿鳳陛下の崩御を予知なさったことも、汀子さまはご存知でしょう」

ほとんど一緒に暮らしたことのない汀子が咲耶のことをどれだけ知っているのか、咲耶自身にもわからない。それでも、修道尼院に預けられる前のことは、逐一乳母たちから報告を受けていたはずだ。

白徳尼は言う。

「それに、夢で前の皇帝陛下のお声も聞かれたのですよね。女帝の前例はなくとも、咲耶さまこそが正当な後継者だという証です」

その言葉に、咲耶は思わず後ずさりした。

洪水を予知し、後先考えずに帰国してしまったが、凰輝に替わって皇国を背負う覚悟などなかった。それに。

「前例のない女帝が立つことを、この国の民が望むとは思えません」

そうだ、白徳尼は常に、この国では法よりも前例が大事だと言っていたではないか。

咲耶の言葉に、白徳尼は困った顔で首を振る。

「それを言うなら、後継者の皇子を儲けないまま皇帝が崩御なさったことも、皇帝が予知夢で統治なさらなかったことも、前例はございません」

すでに、現実は前例から外れているのだ。

傍らで聞いていたサードが、遠慮がちに言葉を挟む。

「差し出がましいようですが、そのお話が事実だとしたら、ことを公にすることは、前の皇帝陛下と今の皇帝陛下、さらに宰相宮殿下や女官長殿が民を欺いていたと知らしめることになりますよね」

「ええ。皇国の皇帝は神に選ばれし者ですから、後継者を偽る行為は神への背信とも受け止められます」

それが皇国の民や他国に知れたなら、ただでは済むまい。民は近年の災害を皇帝らの背信のせいだと憤るであろうし、神の加護を捨て去った皇国をここぞとばかりに攻め落とそうとする国も出てくるだろう。真秀皇国は未曾有《みぞう》の混乱に陥る……いや、滅亡の危機に瀕することにもなりかねない。

恐ろしさに震えながら、咲耶は言う。

「私は……皇国を危険にさらすことなど望みません。それに、もう西海国に嫁ぐと決まった身ですし……」

そうだ、咲耶は西海国に戻らなければならない。出生の秘密など知らなかったことにして……実際、白徳尼の話は「そう考えれば辻褄が合う」というだけのこと。証拠があるわけではない。

咲耶の言葉に、白徳尼もゆっくりうなずく。

「どうぞ、咲耶さまの望まれる道をお選びください。ただ、ご自身が何者であるのかだけを知っておいてくだされば、それで良いのです」

秘密は秘密のままで。多くの犠牲者を出した毒の件も、汀子の罪を問うことなく、修道尼院の不注意による食中毒と詫びて終わりにする。

胸の奥に重いしこりは残るが、国のためならば個人の感情など呑み込める。それは咲耶も白徳尼も同じだ。皇国はこの先も予期せぬ災害に見舞われるかもしれないが、民が皇帝に騙されていたと知って失望するよりは、たぶんマシだ。

咲耶は、あらためて白徳尼に頭を下げる。

「大変ご迷惑をおかけしました。それから……これまで育ててくださって、ありがとうございます」

「もったいないお言葉です」

咲耶に負けないほど低く頭を下げたまま、白徳尼は声を震わせた。

その夜、咲耶の枕元には、いつものようにユキが現れた。

成獣のユニコーンにはほど遠い、猫に似た愛らしい姿だが、額に触れるとたしかに角の手触りがある。

「ユキは、知っていて私を選んでくれたのね？」

わかっているのかいないのか、青い澄んだ瞳で咲耶を見上げている。白いふわふわの柔らかな毛を撫でると、気持ち良さそうに目を細めた。

「せっかく再会できたのに、西海国に行ってしまったらもう会えないのね。それとも、一緒に来てくれる？」

返事はないが、神獣であるユニコーンが異国についてきてくれるとは思えなかった。せめてここにいる間だけでも、この温もりを感じていたい。そっと抱き寄せた咲耶に、ユキは甘えるしぐさで顔を押し付けた。

西海国に戻れば、サードではない本物の才明王との結婚が待っている。いや、それは咲耶の出奔を才明王が許してくれればの話だが。

ユキを撫でながら、咲耶は思う。

（ずっと、こうしていられたらいいのに……）

それは叶わぬ願いだ、わかっている……。

『吾子よ……朕は道を誤ったのだ』

まどろみの中、聞こえた声に意識を向ける。

(……父上なのですか?)

『愚かな父を、父と呼んでくれるのか』

返事があった。亡霊の独白ではなく会話もできるのだとすれば、父は咲耶の中で生きているのだとも言える。

『妃を亡くしたあのとき……皇国のためには男児が必要だ、朕はとっさにそう考え、黒曜を呼びつけて赤子を入れ替えた。だが、それが神の御心には添わなかったらしい。以来、ユニコーンは朕のもとを去り、朕は愛する者たちも予知夢も失った。凰輝には、いまだに予知夢を見る能力が備わらぬ。朕は神の意志を見誤ったのだ』

(もう過ぎたことです。そのようにご自分を責めないでください)

『吾子よ……神の加護は、そなたのもとにある。どうか、皇国を護っておくれ』

(護る……どうすれば護れるというのでしょう)

『父に代わり、過ちを償ってほしい……』

目が覚めた。

あたりはまだ暗く、ユキは咲耶の肩を枕に眠っている。

(父上は、私に何を望んでいらっしゃるのだろう……)

夢の中の会話は断片的で、詳しい話までは聞けなかった。歴代の皇帝と夢の中で会話ができるのは、皇帝の能力だ。その能力を存分に使えないのは、咲耶が皇帝ではないからか、皇子ではなく皇女だからなのか。

寝床の中で、溜息をつく。理由はどうであれ、今の咲耶では亡き父の望みを具体的に理解することさえできないのだ。

(どうすればいいの?)

自分に何ができるだろう。

(でも……私はもう、西海国へ行ってしまうのに……)

(この先、もし予知夢を見ても……たぶん帰ってくることはできないのに)

そう思い至り、不安になった。

異国で真秀皇国の夢を見て、それが災害や何か悪いことの予知夢だとしたら……見て見ぬふりをできるだろうか。ふたたび出奔し、才明王を怒らせてしまうことになるかもしれない。

（それでは才明さまにもご迷惑をおかけするだけだわ）

考えれば、先行きは暗い。

「ユキ、私はどうすればいい？」

白い神獣は咲耶の肩から顔を上げたが、すぐにまた柔らかな体を押し付けて丸くなり、眠ってしまった。

その温もりと重みを感じながら、咲耶はそっと目を閉じた。

考えて、決断しなければならない。何も知らずに言われるまま西海国に向かったあの時とは違うのだ……。


夜が明けるのを待って、咲耶はひとり外に出た。

木々の間から帝都を見下ろせる場所に立つ。

良山は帝都の北東に位置するので、そこから朝日そのものは木々に遮られて見えないが、朝日に照らされた帝都は大路も建物も美しく輝いて見える。朱雀大路の向こうの右京区は、もしかしたらまだ泥まみれなのかもしれないが、距離があるため光がすべてを覆い隠している。

幼いころから見慣れた景色だ。

物心ついてから、艮山を下りるのは年に数回あるかないかのことだったが、咲耶はこの都が好きだった。

「名残を惜しんでいらっしゃるのですか？」

いつのまに来ていたのか、すぐ後ろからサードが尋ねた。

「おはよう。そういえば、西海国のお城からも王都が見下ろせたわね」

「ええ。真秀皇国では内裏が平地にあるので、最初は驚きました。神のご加護がある伝統国だから、戦に備えて皇帝が高台に住むという発想がないのですね」

にこやかに、サードが応じた。

そうだ、この都には神の加護を失った場合の備えがない。現実に神の加護を失っているのかもしれないのに。

その後、朝の祈りと朝食を済ませ、咲耶はサードをともなって白徳尼の部屋を訪ねた。

「いつ発《た》たれるか、決められましたか？」

穏やかに、白徳尼が尋ねた。

咲耶は白徳尼の前に端座して、あらためて言う。

「その件なのですが……私はこの国に留まり、洛外のどこかで暮らしたいと思うのです。それは可能でしょうか」

白徳尼は驚いて目を見張った。咲耶の斜め後ろに控えていたサードも、思いがけない言葉に絶句した。昨夜の話から、てっきり西海国に戻ることになると思っていたのだ。

白徳尼は問う。

「洛外で、何をなさるおつもりなのです?」

「私にできることなら、畑仕事でも何でもするつもりです。私は、この先ふたたび予知夢を見たとき、それをすぐに凰輝に、陛下に伝えられる場所にいるべきだと思うのです。ただ、帝都の内に留まれば、母上が私に野心があると思いめぐらして不安を覚えられるかもしれません。ならば、母上の目の届かないところで、静かに暮らそうと決めました」

「つまり、女帝になるのではなく、予知夢の情報を陛下に提供する存在になると?」

「はい」

咲耶はきっぱりうなずいたが、はたしてそれであの汀子が納得するだろうか。白徳尼は不安を覚えつつも、咲耶の決意に水を差さぬように質問を変える。

「……西海国には、どう説明なさるのですか？」

咲耶は一瞬だけ上目遣いでサードを窺い、それから白徳尼に向き直って言う。

「婚約を解消していただけるよう、お願いしてみます。けれど、両国のためにせっかく築いた友好関係を崩したくはないのだと、婚姻に代わる絆を結ぶためにはどうすれば良いのか、誠意を持って話し合えるよう、使者を送りたいと思っています」

「では、そのお役目は私が……」

そう言いかけたサードの言葉を、

「だめよ！」

「なりません！」

ほぼ同時に、咲耶と白徳尼が遮った。

面食らったサードに、白徳尼が厳しい顔で続ける。

「サード殿、申し訳ありませんが、我が国の秘密を知ったあなたを、西海国にお帰しするわけにはいきません。おわかりですよね」

「それに、ひとりで帰ったら……私の無断帰国に手を貸しながら連れ戻さなかったことで、罪に問われてしまうかもしれません。才明陛下にとっては、私よりあなたの存在のほうが大事かもしれないけど……」

「それはどうでしょうね。フォースも、もうずいぶん成長しましたから、私は遠からずお役御免です」

皮肉な笑みを浮かべるサードに、咲耶はその腕を摑んで言う。

「それなら、なおさらです！」

複製《クローン》のサードは、西海国ではいずれその役目を終えたとみなされて「廃棄」される。咲耶には、それがどうしても納得できないのだ。ヒトとは違う生まれ方をしたのだとサードは言うが、目の前のサードは生きて考えて行動する、咲耶たちとなんら変わらないヒトだった。咲耶の意図を才明王に正確に伝えて話し合うという点では、サードに勝る使者はいない。だが、廃棄されるかもしれないと承知で帰すわけにはいかない。

白徳尼が言う。

「咲耶さまと西海国の国王陛下との婚儀は、国同士の取り決めです。破棄を申し出るのであれば、皇帝陛下からの勅使を送るのが筋でしょう」

やはり大ごとになってしまうのだと肩を落とした咲耶だが、必要な手続きならば、そのための手間を惜しむわけにはいかない。

「そうですね、わかりました。凰輝に会って、私の考えを伝えて……西海国との交渉をお願いします」

「では、陛下のお許しをいただけたなら、今後の咲耶さまのお住まいについては梓翁さまにご相談いたしましょう」

「……そんなことまで神祇伯をお頼りして、よいのでしょうか……」

ためらいがちに口にした咲耶に、白徳尼は笑みを浮かべて言う。

「むしろ、頼られてお喜びになられますよ。愛おしい孫娘の行く末を、誰より案じておられるでしょうから」

言われて、ようやく気がついた。

(ああ、私が前の皇妃さまの娘なら、梓翁さまはお祖父さまなのだわ……)

両親の子ではないと知り、己は身寄りのない天涯孤独な身の上なのだと思っていたけれど、たしかに血の繋がる肉親がいたのだ。考えてみれば黒曜も、父ではなくとも実の叔父、凰輝は従兄だ。

張り詰めていた気がふっと緩み、心強い気持ちになった。

白徳尼との話を終えて部屋に戻った咲耶は、あらためてサードに詫びる。

「こんなことになってしまって、ほんとうに申し訳なく思っています。ごめんなさい」

「何を謝られるのです？」

「だって……あなたにとっては西海国が故国なのに、私のわがままを聞いてくれたばかりに……」

咲耶が真秀皇国を大切に思うように、サードにも故国を想う気持ちがあるだろう。

それでも、サードは屈託のない笑みを浮かべて言う。

「そりゃあ故郷ですからそれなりに好きですし、懐かしいとも思いますが……国を支えるのは本物の才明陛下だし、フォースがもう少し大きくなればあの国での私の役目は終わってしまうわけですから。ここで咲耶姫さまにお仕えする第二の人生を始めるのも、悪くないと思っていますよ」

「ほんとうに？」

「ええ。ただ、新しいご主人さまの人生は順風満帆とはいかないだろうと思うと、いささか気苦労ではございますが」

口の端を上げて、洒落にならない予言をしてくれる。

咲耶は、返事に詰まってうつむいた。凰輝が咲耶の考えに同調して西海国と交渉してくれたとしても、西海国側がどう受け止めるかはわからない。さらに、咲耶がこの国に残ることを、汀子が納得してくれるかどうか……。思いつくだけでも、前途は多難だ。

「咲耶姫さまこそ、よろしいのですか？」

「え……？」

「このまま西海国に戻って才明陛下に謝罪すれば、おそらく、王妃として穏やかな暮らしができるでしょう。ひとりの姫君にとっては、そのほうがお幸せかと思いますが」

そうかもしれない。実際、一時は西海国の王妃になろうと覚悟を決めた咲耶だ。

「でも……自分が何者か知って、自分に何ができるのかと考えたら……知らない顔をして西海国に戻るのは、逃げることと同じだし」

「逃げてもいいとは思いますが。もしや、夢で前の陛下に何か言われましたか？」

咲耶は、苦笑して小さくうなずく。

「……父上の望みを叶えてさしあげたいと思ったのは確かだけれど。でも、それからいろいろ考えて……自分がどうしたいのか、正直になろうと思ったの」

嫌味も言わず微笑んで耳を傾けるサードに勇気付けられ、咲耶は言う。

「だから、これは自分で考えて決めたことなの。そうしないと、もし後悔したときに他人のせいにしてしまうでしょう？　そんな生き方は嫌だと思って……」

「そうですね。多難な人生、後悔しそうなことは山ほどありますものねぇ」

サードは、笑顔で嫌なことを言ってくれる。それでも。

「サードは、それでも私に仕えてくれるの？」

「……いささか巻き込まれた感は否めませんが、それも私が選んだ道ですから。もし後悔しても、咲耶姫さまを責めるのは少しに留めておくことにします」

「……少しは責めるのね……」

「気晴らし程度に」

どこまで本気かわからない、摑みどころのない笑顔。

(見捨てないでくれるなら、それでいいわ)

両親にも顧みられない、孤独な人生だと思っていた。だがそれは、咲耶が周囲の人々の厚意に気づいていないだけのことだったのかもしれない。

「まずは、婚約破棄の件を陛下に願い出て、承諾していただかないと」

「ですね。それを突破しないことには、何も始まりませんから」

難題は山積しているが、一歩ずつ、前に進もう。
何よりもその決意が、咲耶の背中を押してくれていた。

本書は書き下ろしです。

|著者| 宮乃崎桜子　岩手県生まれ。1998年、『斎姫《いつきひめ》異聞《いぶん》』で第５回ホワイトハート大賞を受賞。受賞作はのちにシリーズ化され、姉妹編「斎姫《いつきひめ》繚乱《りょうらん》」シリーズと合わせて、全29巻の大作となる。

綺羅《きら》の皇女《ひめみこ》(1)

宮乃崎《みやのさき》桜子《さくらこ》

2018年６月14日第１刷発行
2018年10月16日第４刷発行

講談社文庫
定価はカバーに
表示してあります

発行者――渡瀬昌彦
発行所――株式会社　講談社
東京都文京区音羽2-12-21　〒112-8001
電話　出版（03）5395-3510
販売（03）5395-5817
業務（03）5395-3615

デザイン―菊地信義
本文データ制作―講談社デジタル製作
印刷―――慶昌堂印刷株式会社
製本―――株式会社国宝社

Printed in Japan

ISBN978-4-06-511835-1

講談社文庫刊行の辞

二十一世紀の到来を目睫に望みながら、われわれはいま、人類史上かつて例を見ない巨大な転換期をむかえようとしている。

世界も、日本も、激動の予兆に対する期待とおののきを内に蔵して、未知の時代に歩み入ろうとしている。このときにあたり、創業の人野間清治の「ナショナル・エデュケイター」への志を現代に甦らせようと意図して、われわれはここに古今の文芸作品はいうまでもなく、ひろく人文・社会・自然の諸科学から東西の名著を網羅する、新しい綜合文庫の発刊を決意した。

激動の転換期はまた断絶の時代である。われわれは戦後二十五年間の出版文化のありかたへの深い反省をこめて、この断絶の時代にあえて人間的な持続を求めようとする。いたずらに浮薄な商業主義のあだ花を追い求めることなく、長期にわたって良書に生命をあたえようとつとめるところにしか、今後の出版文化の真の繁栄はあり得ないと信じるからである。

同時にわれわれはこの綜合文庫の刊行を通じて、人文・社会・自然の諸科学が、結局人間の学にほかならないことを立証しようと願っている。かつて知識とは、「汝自身を知る」ことにつきていた。現代社会の瑣末な情報の氾濫のなかから、力強い知識の源泉を掘り起し、技術文明のただなかに、生きた人間の姿を復活させること。それこそわれわれの切なる希求である。

われわれは権威に盲従せず、俗流に媚びることなく、渾然一体となって日本の「草の根」をかたちづくる若く新しい世代の人々に、心をこめてこの新しい綜合文庫をおくり届けたい。それは知識の泉であるとともに感受性のふるさとであり、もっとも有機的に組織され、社会に開かれた万人のための大学をめざしている。大方の支援と協力を衷心より切望してやまない。

一九七一年七月

野間省一